N&K

Margrit Schriber

Das zweitbeste Glück

Roman

Nagel & Kimche

Bei den kursiv gesetzten Stellen handelt es sich um Originalzitate.

Abbildung Seite 2:
Leny Bider auf dem Tennisplatz Belvoir Zürich, um 1916/17

Die Abbildungen auf den Seiten 2, 173 und 175 stammen aus dem privaten Fotoarchiv Johannes Dettwiler-Riesen, Thun

1 2 3 4 5 15 14 13 12 11

Herstellung: Andrea Mogwitz und Rainald Schwarz
Satz: Satz für Satz. Barbara Reischmann
Druck und Bindung: Friedrich Pustet
ISBN 978-3-312-00481-2
Printed in Germany

1

Wenn ich nur einmal auftreten dürfte und nach geendigtem Spiel gefeiert würde. Nur dieser Wunsch.

Der Satz steht im Tagebuch von Julie Helene Bider.

Am Nachmittag des 7. Juli 1919 tötet sich die Schauspielerin in ihrem Wohnschlafzimmer im Hotel Bellevue au Lac in Zürich mit einem Schuss in den Kopf. Sie ist vierundzwanzig Jahre alt. Das Türschloss ist nicht verriegelt. Sie hat Kissen und Decke etwas zur Seite gerückt, wohl um die Daunen nicht mit Blut zu besudeln. Im Haus, in dem Zimmer an Dauergäste vermietet werden, ist sie für ihre Ordentlichkeit, ihr makelloses Auftreten in schwarzen Kleidern mit blütenweißer Garnitur und für ihre ständigen Querelen mit der Blanchisseuse bekannt. Seit zwei Jahren hat sie mit Blick auf den Zürichsee an dieser noblen Adresse am Sonnenquai gewohnt.

Dem Personal ist sie unter dem Künstlernamen Leny Harold vertraut. Den vorangegangenen Abend hat sie mit ihrem Bruder und einigen seiner engen Freunde im Carlton-Restaurant verbracht. Sie haben diniert und gefeiert. Als gegen dreiundzwanzig Uhr die feuchtfröhliche Stimmung stieg, hat sie sich verabschiedet.

Nichts deutete darauf hin, dass sie am nächsten Tag einen Abschiedsbrief verfasst, ihre Papiere auf dem Schreibtisch ausbreitet, ihre Armbanduhr zu den Urkunden, Bankheften und dem Tagebuch legt, dann eine Waffe durchlädt und sich damit aufs Bett setzt.

Während hinter den Voilevorhängen der See glitzert, schiebt

Julie Helene den Revolver zwischen ihre durch einen anrüchigen Filmkuss berühmt gewordenen Lippen.

Warum? Eine Frage. Tausend Antworten. Jede richtig. Jede falsch.

Es gibt nur eine Gewissheit, eine einzige. Julie Helene «Leny» Bider alias Harold hat den Entschluss gefasst, an diesem Montag den Federhalter auf ihr Tintenfass zu legen und mit dem Revolver zu tauschen.

Sie hat es schon länger geplant. Wenn die Zeit kommt, würde sie es tun. An diesem Tag war es so weit. Sie beschloss, es zu vollführen, jetzt, am frühen Nachmittag. Sie wusste, dass sie damit den Traum meines Sohns vernichtet.

Er hat sie verehrt. Den ganzen Tag saß er im Lichtspieltheater, wenn ein Film mit ihr gezeigt wurde. Er sah die erste Vorführung am Mittag, dann die folgenden, bis zur letzten in der Nacht. Wenn kein Streifen mit ihr lief, schnitt er Kritiken über ihre Filme aus den Zeitungen und Illustrierten, sammelte Bilder und Porträts von ihr und tapezierte damit sein Zimmer. Er lag auf dem Bett und rauchte und redete mit ihren Bildern.

Seine Zeit wird kommen, haben wir gedacht. Die Zeit ist ein Freund. Verwirbelt Lebensmuster und treibt ihm Leny in die Arme. Sein Glück wird mich für mein Unglück entschädigen. Die Familie Bider schuldet mir die besten Jahre. Leny muss die Schuld begleichen.

Ich habe ihr Tagebuch an mich genommen. Es lag im Zimmer der Toten, beim Räumen der Hinterlassenschaft wurde es übersehen. Es soll meinem Sohn und mir helfen, unser Unglück zu verstehen. Ich meins, er seins.

Vielleicht finde ich eine Bemerkung, dass er Leny aufgefallen ist.

Er war der Schatten, der sich an ihre Fersen heftete. Er stand am Rand des Ballsaals, während ihr Kavalier sie an den Fingerspitzen zum Tanz geführt hat. Er bahnte für sie einen Weg durch den Schnee und hielt ihr die Tür auf. Er stand im Regen, während sie dinierte. Er half ihr in den Pelz und hielt sie ein paar Herzschläge lang im Arm.

Als sie den Revolver bereitgelegt hatte und einen letzten Satz ins Tagebuch schrieb, hat sie vielleicht gewünscht, er wäre bei ihr und hielte sie fest, während sie den Abzug drückt.

Als Leny das Tagebuch eröffnete, war sie sechzehn Jahre alt, wenig älter als mein Sohn. Sie erwartete ein interessantes Leben voller Höhepunkte. Sie hoffte, dass die Ereignisse sie Welle um Welle erfassen, hochheben und auf eine Bühne spülen würden. Ins Licht. Auf den Platz, den Leny wie keinen andern auf der Welt begehrte. Sie würde zum Blitzen der Operngläser, gebadet in frenetischem Applaus über die Bühne schreiten, die Arme zur Decke erhoben, am Rampenrand einen Fuß zurückschieben und sich tief verneigen vor ihrem Publikum.

Du bist nun meine Freundin, meine Vertraute. Was ich auch alles erleben werde, ich will es dir anvertrauen. Sei es nun etwas Freudiges oder Trauriges.

Als Erstes hat Leny das Foto des Schauspielers Robert Peter in dieses Tagebuch geklebt. Ein kleineres Bild steckte sie ins Medaillon an ihrer Halskette. Sie sah seine Aufführung am Stadttheater Basel. Leny will Schauspielerin werden – keine durchschnittliche, sondern eine großartige, wie Sarah Bernhardt. Robert Peters Spiel sei auch großartig, schreibt sie. Wer so spielt, kann ihr Ratschläge geben. Sie hat Veilchen gekauft und neben ihr Tagebuch gestellt. Sie hoffte, das Sträußchen dem Angebeteten am Künstlerausgang überreichen zu dürfen. Zwei Veilchenblüten hat sie ins Tagebuch geklebt.

Lenys Eltern besaßen in Langenbruck ein Tuch- und Ellenwarengeschäft. Jakob Bider war Fachmann für Textilien, sein Geschäft hatte den Ruf, die größte Auswahl an Stoffspezialitäten zu bieten. Sogar die Städter deckten sich in seinem Geschäft ein, wenn sie St. Galler Stickereien, Zürcher Seide, Musselin, Gabardine, Organdy und Voile kaufen wollten. Jakob Bider war auch Politiker und führte mit seiner Frau einige Jahre lang das Kurhotel auf der Passhöhe. Ums Jahr 1880 wurde es bei den Städtern zur Gewohnheit, zu pendeln zwischen Kur und Pflicht, Kuhglockengeläut und Fabriklärm, Kräuterwiesen und Kohlenstaub.

Nach dem Tod seiner Frau wurde es still im Haus Bider. Tücher bedeckten die Möbel. Der Betriebsamkeit und Lärm gewohnte Witwer irrte auf der Passhöhe am Ende des Waldenburgertals durch seine abgedunkelten Räume und prallte vor der Leere zurück. Er war wohlhabend, in den besten Jahren. Andere Witwer dieses Alters reisen nach Monte Carlo. Dort schnippen sie mit den Fingern, Barmädchen im kniekurzen Rock tanzen an ihre Seite, nehmen mit manikürten Fingern die Zigarettenspitze aus dem Mund, blasen ihnen den Rauch in die Augen und fragen nach ihren Wünschen.

Mit einem Federstrich hat Jakob Bider alles aufgelöst. Er ist mit seinen drei Kindern in die Stadt Basel gezogen.

Dort habe ich ihn kennengelernt. Seine weltmännische Art hat mir imponiert. Die Bibliothek in seinem Haus an der Thiersteinerallee war bestückt mit Büchern über Maschinenbau, Erfindungen, fremde Erdteile, mit Biographien und Lexika. Er hatte alle Bücher gelesen, denn er war am Wandel der Zeit interessiert. Als Erster meiner Bekannten hat er sich ein Automobil angeschafft. Die Kinder an der Allee rückten mit Putzeimern an, um Kotflügel und Messinglampen zu polieren. Jakob wirbelte ein Geldstück durch die Luft, und die Kinder stürzten sich Kopf voran auf die Münze.

Ob das klug sei, habe ich Jakob gefragt.

Klug oder nicht – ihm war es gleichgültig.

Auch ich bin Witwe. Auch ich hatte ein Kind zu erziehen. In

Paris geboren, habe ich einige Zeit im Elsass gelebt. Plötzlich hat dieses Gebiet nicht mehr zu Frankreich gehört. Ich wollte keine Deutsche sein und bin in die Schweiz gezogen. Da bin ich ihm begegnet.

Es gefiel ihm, dass ich Pariserin bin und immer weiße Musselinkleider trage, trotz meiner Witwenschaft. Er mochte meine gerade Haltung im enggezogenen Schnürkorsett. Meine Hüte beeindruckten ihn. Sie sind gewaltig, ihre Krempe überragt meine Schultern, Federn, Früchte, Blumen, Bänder türmen sich darauf. Solche Hüte sieht man in der Illustrierten «Femina» in der Rubrik «Was trägt der Adel in Monte Carlo? Die Damen des Hochadels tragen das Paradies auf dem Kopf.»

Ich habe einen dünnen und langen Hals, Jakob nannte ihn einen Schwanenhals. Ich trage immer einen Hut. Ehe ich eine Türschwelle übertrete, beuge ich die Knie und zwänge mich dann vorsichtig mit dem Hut durch die Öffnung. Das hat Jakob besonders gefallen. Sein Haus hatte viele Türen. Er nahm meine Fingerspitzen und führte mich durch alle Räume. Ich glaube, er hatte noch nie eine Frau wie mich getroffen. Die zu Tisch sitzt mit einem gewaltigen Hut, den sie nur zum Austernessen ablegt. Deren Augen jeder Bewegung des Personals folgen. Sein Personal war ja so ungeschickt. Beim Schöpfen klapperte es mit der Kelle am Porzellan, das Geräusch ließ mich zusammenfahren. Dann beobachteten alle erschrocken das Pendeln meines Halses, der das Gleichgewicht des Hutes wiederherzustellen suchte.

Jakob Bider und seine halberwachsenen Söhne wollten, dass ich ihnen von Paris, dem Gefächel der Palmen an der Côte d'Azur und vom Leben in Monte Carlo erzähle. Sie stellten sich das Meer vor, wie es rollt und glitzert und aufspritzt, wenn ein Verlierer aus dem Casino sich von der Klippe wirft. Sie stellten sich die Atmosphäre im Casino vor, diese Spannung beim Rollen der Kugeln. Auch das Rütteln der elektrischen Aufzüge in den Hotels von Monte Carlo war für sie eine Sensation. Jakob gefielen die von mir geschilderten seidenen Steppdecken auf den Betten. Und er wurde nicht müde, sich meine Gestalt auf solch einer Steppdecke vorzustellen. Auf Zehenspitzen balancierend würde ich mein Schnürkorsett um die Finger kreisen lassen, ehe ich es ihm entgegenwerfe.

Es war mir recht, dass er nicht müde wurde, mich in dieser frivolen Pose zu sehen. Ich wollte nach unserer Hochzeit mit Jakob nach Monte Carlo fahren.

Mein kleiner Sohn saß zwischen Jakobs großen Söhnen und starrte auf seine ungelenken, geröteten, knochigen Finger. Er hasste seine Hände. Sie schlenkerten an viel zu langen Armen. Meistens verknotete er die Finger unter dem Pullover. Er hasste auch, dass ich von Monte Carlo redete und der Witwer dabei ein rotes Gesicht bekam. Am liebsten wäre er aus Scham über seine Mutter unter den Tisch gesunken.

Wenn man es ihm erlaubt hätte. Wenn diese Mutter ihn nicht gezwungen hätte, sich zwischen den Söhnen ihres Hausfreunds gerade zu halten. Damit der Hausfreund diesen fremden, verknoteten Sohn bald zu seinen eigenen Kindern zähle.

In Lenys Tagebuch findet sich ein Vermerk zu diesen Sonntagsessen im Haus an der Thiersteinerallee. Sie jammert über diese Freundin von ihrem Papi. *O jemine!*

Sie beschreibt mich als *steife Person mit viel Oberweite, großem Ausschnitt und noch größeren Hüten.* Mein Gesicht glänze, als würde ich es über Wasserdampf mit einem Hirschleder polieren. Meine gespannte Bluse mit den Perlmuttknöpfen und Bisen vergleicht sie mit einem prallen Nadelkissen. Aber ich würde schwitzen. Kleine Perlen seien aus dem hochgebürsteten Haar in meinen weißen Nacken geronnen. Und die feuchten Schweißblätter zeichneten einen hässlichen, verwischten, braunen Rand auf den dünnen Musselinstoff.

Nach den Palmen und den Klippenspringern sei ich auf den Friedensvertrag mit den Deutschen zu sprechen gekommen. Mein wattiger Schwanenhals habe geschwankt und die Kugelknopfaugen gesprüht wegen dieser «Boches», die meine Patrie nach dem Sturz des Second Empires und einigen Niederlagen zum Unterzeichnen dieses hinterhältigen Schriftstücks zwangen.

In Basel beginnt dieses Tagebuch. Es ist Mode, dass junge Mädchen ein Tagebuch besitzen. Sie bekommen es von ihren Eltern geschenkt. Die Tochter soll ein inniges Verhältnis zu dem Buch aufbauen. Es ist verschwiegen. Sie soll hineinweinen, -klagen, -jauchzen. Nicht die Umgebung mit Gefühlsausbrüchen belästigen. Das gehört sich nicht.

Leny benutzte einen Federkiel und tiefblaue Tinte. In den ersten Tagen schrieb sie mit Sorgfalt. Alle Buchstaben nach der neuen deutschen Schrift malend, gleichmäßig, deutlich, mit leichter Neigung nach rechts. Später hat sie andere Handschriften ausprobiert. Manchmal unterbrach sie einen Eintrag mitten im Satz, weil Freundinnen auf sie warteten. Oft schrieb sie nachts, ohne Licht, das Buch auf der Federdecke. Sie bekratzte das Papier mit ungefähren Lettern. Ihr Kiel eilte über die Seiten, unordentlich, unleserlich. Eine Marschkolonne von Fliegenbeinen, die sich verlängern oder verkürzen. Ohne Linie fließen die Zeilen über die Seite, einmal himmelwärts, einmal im Chaos und in Klecksen versinkend. Manche Sätze werden von Interpunktionen abgeschlossen, die ein Gefühl von Wut, Freude oder Glück verdeutlichen. An manchen Stellen haben Tränen die Tinte zu Wolken aufgelöst und mehrere Seiten durchtränkt.

Lenys Tage. Das Schriftbild einer Schlacht.

Später wird sie ihr Tagebuchblatt nach Art einer Zeitungsspalte unterteilen. Ihre Vertraute, das Tagebuch, wird im kleinen Kreis öffentlich. Freundinnen lesen darin und kommentieren das Geschriebene, dichten Hymnen auf Leny und tragen diese ins Buch ein. Eine Freundin, Gisela, die ihren Namen mit französischer Aussprache zu «Schis» verkürzte, hat ein Drama in drei Akten verfasst. Der dritte Akt endet damit, dass sich die liebeskranke Hauptdarstellerin Leny mit einem Schuss in die Schläfe das Leben nimmt. Die Tragödie muss die Freundinnen sehr erheitert haben. Sie lasen einander Szene um Szene vor, Leny spielte ihren Tod. Vor Lachen seien sie auf die Stühle geplumpst.

Zwischen dem Entwurf dieses Dramas und dem Tod von Leny liegen sieben Jahre. Der Verlust ihres Vaters. Ein Weltkrieg. Millionen tote Soldaten. Der Weltruhm von Lenys Bruder als Pilot. Eine Schiffsreise durch Torpedos, denen ihre Nähmaschine zum Opfer fällt. Die Erschießung der Mata Hari. Ein schweizerischer Generalstreik. Rationierungsmarken. Die Eröffnung und Schließung von «Lenys Modeatelier». Die Gesellschaft der Dogge Cäsar. Eine kometenhafte Stummfilmkarriere. Ein Skandal mit General Wille. Die Verhaftung von Lenys Regisseur und Förderer Charles Decroix. Eine kopflose Verlobung. Vielfaches Ein- und Auspacken der Schrankkoffer.

Und die Verehrung meines Sohns. Ohne Anfang und Ende.

2

Im Bellevue au Lac wird vorerst versucht, den Tod der Schauspielerin geheim zu halten, die Direktion will Aufsehen vermeiden. Man möchte die Dauergäste nicht auch noch verlieren, während der Kriegsjahre waren die ausländischen Gäste ausgeblieben, und man hatte das Nobelhotel in eine Art Pension umgewandelt, seither sind nun immer einige Zimmer vermietet. Im Parterre gibt es mehrere Restaurants, dort können die Pensionäre lesen, Freunde treffen und an einem der weißgedeckten

Tische mit Blick zur Limmat essen. Die Plätze sind immer gut besetzt. Das Nobelhaus soll durch diesen Todesfall nicht in Unruhe versetzt werden. Natürlich erfährt das Personal von dem Missgeschick, zwangsläufig, doch dieses ist verschwiegen. Der Portier und ein Hausmädchen haben Julie Helene Bider am Morgen noch gesehen. Sie sei nach Dübendorf geeilt, ihr Verlobter, Dr. Ernst Jucker, Offizier der Kavallerie, Besitzer eines pharmazeutischen Versandgeschäfts, habe sie vom Unfalltod ihres Bruders Oskar benachrichtigt. Dieser ist in der Morgenfrühe mit seinem Nieuport-Jagddoppeldecker abgestürzt.

Ich habe die Neuigkeit vom Absturz ihres Bruders am Kiosk erfahren. Das Bulletin mit der Nachricht des Todesflugs hing bereits in der Frühe an den Plakatsäulen und im Aushang der Zeitungsverkäufer. Ich wurde von der Nachricht überrumpelt, wie all die Passanten, die eine Zeitung kauften. Statt in ihre Büros, Ateliers und Geschäfte weiterzueilen, schlugen sie noch am Kiosk die Zeitung auf und lasen Zeile um Zeile. Ich habe einige Augenblicke benötigt, bis ich die Bedeutung des Tods von Oskar Bider begriff. Dass dies dem Leben von Leny eine Wendung gibt. Die Zeit hat das gewohnte Muster verwirbelt. Meinem Sohn steht niemand mehr im Weg. Sie braucht jetzt einen Halt. Mein Sohn gibt ihr diesen Halt.

Lenys Beziehung zu ihrem Bruder war sehr eng. Er war ihr ständiger Begleiter, ihr Stolz, ihr pfiffiger Bauer, ihr Pilot und Berater. Sie war sein schöner Mittelpunkt. Seine kluge, geheimnisvolle Schwester. Das lebenslustige, umworbene Fräulein. Die beiden haben miteinander am Bergseil gehangen, sind in einem Boot gerudert und über Land geritten. Am liebsten bei Sonnenaufgang, wenn in der Tiefe Nebelschleier über dem Tal schwebten. Liebschaften haben die enge Bindung der Geschwister nie gefährdet. Weder jene Oskars mit Frauen noch Lenys Verlobung.

Wer an diesem Unglücksmorgen ein Fahrrad, einen Pferdekarren oder sonst ein Vehikel auf Rädern besaß, hat sich einen Weg zur Unglücksstelle beim Flugfeld gebahnt. Ein Taxi zu bekommen war unmöglich. Oskar Bider war ein Pionier der Aviatik und weltberühmt. Erster Pyrenäenflug mit der Blériot, erster Alpenflug, erster Nachtflug über Schweizergebiet, Höhenrekord, Tausendkilometerrekord, Mitbegründer einer Schweizerischen Luftwaffe, Kommandant des ersten Militärgeschwaderflugs mit dreizehn Maschinen. Dank Bider darf die Schweiz sich zum Spitzenfeld der kühnsten und erfolgreichsten Aviatiker der Welt zählen. Er war auch ein Tüftler, dem Neuerungen zu verdanken sind, studierte ausländische Flugzeugtypen und verfasste viele Zeichnungen und Pläne. Sein Name ist für immer mit dem Fortschritt unseres Luftverkehrs verknüpft.

Wenn ein Surren zu hören war und am Himmel ein Flugzeug auftauchte, riefen die Kinder: «Eine Bider, eine Bider!» Dieser Name ist zum Symbol für ein Zeitalter geworden, in dem alles machbar und möglich ist. Nun liegt der achtundzwanzigjährige Held aufgebahrt in einem Hangar. Sein Tod schließt dieses siegreiche Kapitel der schweizerischen Luftfahrt ab. Alle hielten den Chefpiloten der Schweizerischen Fliegerabteilung vor einem Absturz gefeit.

Berichterstatter jagten zum zerbröselten Flugapparat, um die Umstände des Sturzes zu erfahren, das Trümmerfeld abzulichten, in die Redaktionen zurückzujagen und auf den Remington-Schreibmaschinen loszuklappern.

Lebhaft und gestikulierend stehen Gruppen umher; in den Trams, auf den Plätzen ist von nichts anderem die Rede, und wer es vernimmt, dass Bider nicht mehr ist, starrt dem Überbringer der Unglücksnachricht zuerst verblüfft ins Gesicht und glaubt es nicht. Aus allen diesen Zeichen heraus tritt einem so recht ins Bewusstsein, wie sehr Bider in den Herzen aller ankerte und wie sehr man ihn als Flieger bewunderte, als gefeit fast gegen das unheimlich drohende Fliegerlos. Bider und Zutodestürzen waren Begriffe, die sich gar nicht vereinbaren ließen; der Name Bider war fast symbolisch für einen Flug ohne Gefahr geworden. Und jetzt liegt er aufgebahrt mit zerschmettertem Körper in Dübendorf.

Man trauere, heißt es, um einen Aviatiker der ersten Stunde. Mehr als das: Man trauere um den eigenen Traum vom Fliegen. Mit Oskar Bider trage man den Glauben an die Eroberung der Luft zu Grabe. Mehr als das: Die Vorstellung, dass dem Menschen die Erde und die Luft gehören. Dass er sich alles untertan machen kann.

Kavallerieoffizier Jucker habe für seine von Kopf bis Fuß in Schwarz gehüllte Braut einen Weg durch die Menge gebahnt. Vor dem Hangar warteten Flugzeugmechaniker, Pilotenschüler, Berichterstatter, Angestellte, Hausfrauen und Kinder. Weinende, Entsetzte, Verstummte: Alle wollten der Schwester des Verunglückten ins schöne Gesicht schauen.

Ihr Antlitz ist weiß wie Schnee, der auf den fernen Bergen liegt. Ihre Augen sind tränenlos.

Bei ihrem Eintreffen bereiteten die hohen Offiziere schon die Trauerfeier vor. Am nächsten Morgen wollten sie den Piloten in allen Ehren an seinen Heimatort überführen. Oberleutnant Real teilte es der Schwester mit. Ihr Bruder bekommt das ehrenvollste Geleit, das jemals einem Militärkameraden zuteil geworden ist.

Sie nahm es schweigend zur Kenntnis.

Im Hangar lagen Flugzeugtrümmer der Unglücksmaschine. Leny blieb einen Moment bei den Trümmern stehen, denn sie verstand viel von Flugzeugen. Nur wenige Frauen verstanden so viel davon. Sie hatte den Bruder auf seinen Flügen begleitet. Im Zweisitzer diente sie als Navigator, sie war sein «Franz», er ihr «Emil», wie Flugkameraden einander in der Fliegersprache nennen.

Oskar sah in ihr seine früh verstorbene Mutter. Von dieser trug er immer ein Bild in der Uniformtasche. Er hatte melancholische Anwandlungen, konnte Rotz und Wasser heulen. Der kühnste Flieger unserer Tage stürzte null Komma nichts in ein Loch. Einmal jauchzend, einmal zu Tode betrübt, dazwischen die Langeweile. Die Fliegerkameraden versuchten ihn dann aus diesem Loch herauszureißen, vergeblich. Nur die Schwester konnte ihn erlösen. Es genügte, dass sie auf ihn zutänzelte, mit ihren Katzenpfötchen ein wenig am Stoff seiner Uniform schabte, einen Schmollmund zog und den Rehblick zu ihm hob.

Nach dem Begutachten der Trümmer näherte sich Leny dem Sarg. Sie wollte ein letztes Mal in Oskars Gesicht schauen. Die Militärkameraden traten zur Seite, um ihr den Weg freizugeben.

Sie starrte hinein. Entgeistert. Oskar hatte kein Gesicht. Das Maschinengewehr, auf dem Flugzeug montiert, hatte seinen Kopf zerschmettert. Sein Schädel musste ein Brei gewesen sein. Mit Bandagen war er in Kopfform gequetscht worden. Auch ein Bein war ihm abgerissen worden, die Gestalt war unkenntlich. Im Sarg lag eine Kreatur, dick in Verband gewickelt, eine Mumie. Nur ein dunkles Haarbüschel ragte aus dem weißen Kopfverband. Und seine Bauernhände waren unversehrt.

Nach der Besichtigung des Toten wünschte Leny Bider, zum Hotel zurückzukehren. Ihr Bräutigam begleitete sie nach Zürich. In der Halle verabschiedeten sie sich. Sie wollte allein sein.

Sie habe kein Mittagessen eingenommen, berichtet das Personal. Schon der Frühstückstisch im Speisesaal war leer geblieben. Das Fräulein trank nicht einmal einen Kaffee, sondern suchte sofort das Zimmer auf. Der Portier verstehe nicht, dass niemand sie begleitete. Sie musste doch zerbrochen sein. Ihren Bruder mochte sie mehr als irgendeinen andern Menschen auf der Welt.

Zur Basler Zeit ist die Beziehung der Geschwister noch nicht ausgeprägt gewesen. Der Vater war Lenys Mittelpunkt. Wenn ich zu Besuch kam, machte Leny ein erstauntes Gesicht. Als ob eine Person Einlass begehre, der man sonst nur in den Kabaretts begegnet, wo solche Damen zur Musik ein Netzbein aus den Samtvorhängen spreizen. Meinen Sohn behandelte sie wie Luft. Er verlor jedes Mal die Fassung. Stolperte und wollte rückwärts verschwinden. Ich schob mich mit meinem Hut durch die Tür und zerrte den Buben hinterher.

Ich weiß nicht mehr, wie Jakob reagierte. Ich schämte mich wohl für meinen erschreckten Sohn. Eine Mutter will, dass ihr Kind vorwärts stürzt und alle beeindruckt mit seiner Aufgewecktheit und seinem Forscherdrang. Ich war der Meinung, man müsse den Zartbesaiteten abhärten, er brauche einen Vater, einen wie Jakob, der belesen ist und mit ihm über die tausend Dinge redet, die fortwährend unsere Welt verändern. Der meinem Sohn Sicherheit und Vertrauen gibt.

Ich glaube nicht, dass ich mit meinem Buben litt. Sonst hätte ich ihn an der Hand gepackt und wäre mit ihm aus diesem Haus an der Thiersteinerallee marschiert. Für immer. Ich bugsierte ihn aber hinein und fuhr ihm lachend mit fünf Fingern durch sein starr vom Kopf abstehendes Haar.

Grob packte der Kleine mein Handgelenk. Er wollte nicht, dass ich über seine Verletzung lache, mochte gar nicht vorhanden sein. Er knirschte mit den Zähnen.

Jakob schmetterte meinem Sohn die Hand ins Gesicht.

Ich war beschämt.

In ihrem Tagebuch vermerkt Leny, die Pariserin habe wieder den Sohn vorgeführt. «Er hat Haare, als wären ihm die Krähen hineingefahren. Und überhaupt keine Manieren. Papi musste ihn zurechtweisen.»

Jakob verwöhnte Leny. Schenkte ihr eine Goldkette mit Medaillon. Eine Zitrone zur Pflege ihrer Lilienhände. Eine Singer-Nähmaschine mit hübsch gerankter Tretpedale im Stil der Zeit. Er erwartete nicht, dass sie etwas von der Stofffabrikation verstehe. Vom Garnwickeln, von Webtechnik, Schuss und Kette. Immerhin wusste sie, dass die Stoffe zu ihren Kleidern nicht auf Bäumen wachsen. Sie konnte eine Nadel einfädeln und gleichmäßig fallende Säume nähen. Er erwartete von seiner Tochter Anstand, Haltung, Hausführung. Eine Eins in Fleiß. Dass sie für ihren Spaziergang einen Hut aufsetzte und beim Gehen nicht wackelte. Ihn streiften wohlwollende Blicke, wenn er sich mit Leny zeigte.

Seine Söhne waren bereits in der Ausbildung. Georg, der Älteste, verbrachte die Zeit an der Universität, Oskar war bei der Kavallerie unter dem preußischen Kommando von Truppenführer Ulrich Wille. Später wollte er Landwirt werden.

Warum? Hat Oskar jemals eine Sense geführt? Eine Wiese umgegraben? Korn gesät? Einen Bach übers Feld geleitet? Mist gezettelt? Nein. Nichts von alledem hat er getan, nichts davon wollte er tun. Oskar träumte von endlosen Ritten über sein eigenes Stück Land. Jakob war darüber nicht sehr glücklich. Ich habe ihn getröstet. «Wenn dein Sohn von der Rekrutenschule zurückkehrt, ist er ein anderer. Ich kenne Herrn Wille. Er verwandelt mit Drill und Disziplin Weichlinge in moderne Soldaten. In Männer!»

Jakob und ich hatten eine gute Zeit miteinander. Er hat zwar die Gespräche mit seinen Söhnen vermisst. Mit mir, fand er, könne er sich amüsieren, aber nicht über die Technik reden. Ich war verunsichert. Es wird allen Frauen gesagt, man könne nicht mit ihnen über wichtige Dinge reden.

Jakobs Haus war eins der Ersten an der Allee, das einen Telefonwandapparat bekam. Im Garten stand sein Automobil. Und wenn seine Söhne einmal zu Hause waren, dann lernten sie es fahren. Kreisten im Schritttempo im Garten herum, setzten es vor und zurück und drückten den Gummibeutel der Hupe. Ich fand, dass ich das auch tun könne. So schwierig konnte dieses Kurven und Hupen doch nicht sein. Aber Frauen, fand er, gehören nicht ans Lenkrad von Maschinen. So wenig wie an Rednerpulte. Zum Begreifen von komplizierten Zusammenhängen sind Frauen nicht geschaffen. Sie verstehen es nicht und lernen es nicht. Können sich allerhöchstens neben den Fahrer setzen und sich mit zusammengepressten Knien und einer Hand am flatternden Hut durch die Landschaft fahren lassen.

Weil seine Söhne nicht mehr zu Hause waren, nahm Jakob meinen Sohn zum Rheinhafen mit. Er erzählte ihm vom Luftgerät des Jakob Degen, das dieser im Jahr 1812 im Baselbiet konstruiert hatte. Mit Flügelschlägen konnte er es einige Meter durch die Luft bewegen. Später baute der Maler Jakob Böcklin in Basel einen Kastendrachen aus zwei Flügeln und einem Schwanz, den er dann mit Lilienthal zum Drachenflugzeug weiterentwickelt hat.

Er konnte erzählen, der Jakob. Mein Sohn war begeistert. Ich weiß nicht, welche Bilder diese Flugapparate in ihm erzeugten. Aber er kehrte zurück mit roten Ohren, sprudelte und war auf dem langen Spaziergang kein einziges Mal über seine Füße gestolpert.

Später nahm Jakob an Sonntagen auch mich auf Spaziergänge mit. Er hatte den Rheinhafen St. Johann als Beobachter durch alle Bauetappen begleitet. Nun konnten die Hochseeschiffe bald zum Punkt 168.0 hinauffahren. Jakob mochte die Vorstellung, dass die Welt erreichbar wird und unsere Ware auf Schiffen auch andere Kontinente erreicht. Die Produkte von Leuten, die ihr ganzes Leben nie aus ihren Nestern herausgekommen sind, überqueren dann den Ozean. Jakob rechnete sich aus, wie viel die Zwirner an jeder Schiffsladung verdienen. Er bezweifelte aber, dass die Zahlung für die gelieferte Ware die Zwirner im Hinterland immer erreicht. Eine Weltkundschaft macht sie womöglich übermütig, so dass sie nur noch an den Meistbietenden liefern. Wie wollen sie aber die Säumigen im Ausland zur Rechenschaft ziehen? Er höre schon jetzt, wie man auf andern Kontinenten über die Schieber im Hirtenhemd lacht.

Ich fand es wunderbar, wie er mit mir redete. Mit einer Frau, die er sich eigentlich am besten auf einer Steppdecke tanzend vorstellen konnte. Ich war dankbar, dass er mich als genügend intelligent einstufte, um mit mir zu reden. Diesem Mann wäre ich blind gefolgt.

Im Versteckten gab Jakob mir einen Klaps auf den gebauschten Hintern und freute sich über meinen Aufschrei. Auf dem Heimweg ging er meinem Sohn und mir voran, mit auf dem Rücken verschränkten Händen, und sprach über die neue Zeit. Er vergaß, dass seine Söhne nicht neben ihm gingen. Sondern nur ich und der Kleine ihm folgten. Meine Hand lag auf der Schulter von meinem Sohn, wir sind ganz still hinter Jakob hergegangen und ließen uns die ineinandergreifenden Räder erklären, die eine Wirtschaft florieren oder zusammenbrechen lassen.

«Ein Faden, ein Fädchen, doch es hängt so viel daran», hat Jakob gesagt. Mein Sohn und ich haben uns solche Sätze gemerkt. Es sind Perlen. Wir sammelten diese Perlen, vielleicht würden sie uns einmal nützlich sein.

Leny begleitete den Vater nie zum Rheinhafen. Es war Jakob lieber, wenn seine Tochter sich mit Freundinnen vergnügte. Am Punkt 168.0 verschmutzte sie die Stiefeletten und machte ein Theater. Oder sie blieb mit dem Kleid an Bauschutt hängen und machte Theater. Oder sie ärgerte sich über die Faxen herumlungernder Arbeiter und machte Theater.

Leny interessierte sich für Schauspieler. Vielleicht auch noch für die Verlängerung der Tramlinienführung zu den Vororten, in denen die verehrten Schauspieler wohnten. Meistens vertrieb sie sich die Zeit mit den Freundinnen.

Wir gingen miteinander nach der Batterie, machten zwei Schlitten kaputt und gingen zu uns heim zum Tee, um von den erlittenen Strapazen auszuruhen. Luci spielte flott auf dem Klavier, geraucht haben wir wie die Türken, sogar auf dem Weg nach der Stadt. Abends bin ich mit Herrn Melchinger und Herrn Liemann zusammen gefahren. Ich habe sie ganz keck und frei angeschaut. Ich muss es eben, und will es, und ich kann es nicht anders, denken sie nun von mir, was sie wollen.

Das Zeugnis von Leny zeigte immer eine Eins in Fleiß. Wie erwartet. Aber es zeigte auch die Bestnote in Mathematik. Bei einem Mädchen! Zur Verwunderung ihres Vaters, zur Verwunderung der Verwandtschaft. Es gab aber auch Reklamationen. Im Elitechor spiele sie den Clown, meldete die Schule. Sie treibe die Lehrperson zur Weißglut. Hemmungslos. Sie boxe Mitschülerinnen vom Platz weg. Der Chor müsse sich leider von der Tochter trennen. Julie Helene sei nicht geschaffen, in einem Chor zu singen, sich den Gesetzen eines Chors unterzuordnen. Sie stört. Die Tochter schnupft, nießt. Lässt schnupfen und nießen. Sie spielt sich auf. Erste Geige.

3

Julie Helene Bider befasste sich am Nachmittag des 7. Juli 1919 nicht zum ersten Mal mit dem Tod. Sie hat schon früher darüber nachgedacht. Nicht ernsthaft. Als Spiel. Andere Kinder zertreten Ameisenhaufen. Leny spielte mit Worten «Gott über Leben und Tod».

Wenn sie deprimiert oder müde oder verärgert war, dann hat sie ihr Tagebuch aufgeschlagen, um einen wichtigen Gedanken einzutragen.

Wäre ich tot. Ich sage auch wie der Philosoph: Das erste Glück ist, nicht geboren zu werden, das zweite, sterben zu können. So, jetzt bin ich noch vom Klavierstuhl runtergesegelt, jerum.

Auch über die Ehe hat die Halbwüchsige nachgedacht. Über die Ehe und den Tod. Als wäre eins wie das andere.

Unter Vormundschaft eines Ehemannes? Daran darf ich gar nicht denken. Nein, das müsste schrecklich sein, nein, nein. Ich glaube, eben das Beste wäre, wenn ich tot wäre. Es würde ja kein Hahn danach krähen, nein, kein Hahn.

Sie las ihre Sätze. Sie ließ sich von der Tragweite und Endgültigkeit ihrer Idee berauschen. Für die Ausführung blieb ihr noch Zeit. Alle Zeit der Welt.

Sie tamponierte die Tinte, trocknete die Feder und legte den Federhalter in ihre Schreibschachtel. In weichen Knopfstiefelchen stieg sie mit gerafften Röcken über die Zaine voll lauer Wäsche, um zu entwischen. Während das Personal die Wäschestücke an die Drähte klammerte, walzte das Töchterchen des Hauses zum Stadttheater, ihrem bevorzugten Ort.

Dort sah sie schon viele schöne Tote. Am Ende der Tragödie erhoben sie sich und verneigten sich endlos vor den Samtvorhängen. Dort lieferte sie schwärmerische Briefe, Pralinen und Veilchensträuße ab. Dort wartete sie mit den Schauspielern und Opernsänger aufs Tram. Dies gab Leny Gelegenheit, einige Stationen lang einem Großen gegenüberzusitzen. Dem Spielleiter Alfons Melchinger zum Beispiel oder Martha Rudow oder Herrn Liemann. Mit einem dieser Götter durchfährt sie dann die Stadt und starrt ihn ununterbrochen an. Mit etwas Glück trifft sie auf ihren Robert Peter. Es könnte geschehen. Sie würde lächeln. Er würde lächeln. Das Tram zuckelte dahin. Und am Ende der Fahrt würde sie ein Bouquet

Veilchen überreichen. Vielleicht hielte er einen Augenblick lang ihre Hand fest. Und sie könnte in ihr Album schreiben:

Noch nie hat mich eine so weiche Hand berührt.

Falls Leny Pech hat, steigt Grete Hofmann zusammen mit Robert Peter ins Tram. Und er hat nur Augen für sie. *Die verfluchte Hofmann.*

Jakobs Tochter hatte genug von der Töchterschule, diesem «Affenkasten». Sie wusste, dass es in München eine Akademie für Schauspieler gibt. Sie war minderjährig und benötigte die Erlaubnis ihres Vaters. Doch die Zeit kroch dahin. Sie musste das sinnlose Rieseln unterbrechen. Sie beschloss, ihre Zukunft mit einem Menschen vom Fach zu besprechen. Warum nicht mit einer Schauspielerin wie Fräulein Rudow? Die müsste alle Hindernisse dieses Berufs für eine Frau besser kennen als sonst jemand am Theater. Leny schreibt, dass sie noch an diesem Tag vor dem Theatergebäude auf Fräulein Rudow gewartet habe. Als diese endlich die Treppe herabstieg, sei Leny auf sie zugegangen, aber im letzten Augenblick abgebogen und ins Tram gehüpft.

Ich wollte sie immer ansprechen, aber war mit mir nicht ganz einig. Ich wusste nicht recht, ob es sich schickt. Vielleicht ein anderes Mal.

Leny hat sich nicht mit Warten, Hoffen und Bangen begnügt. Nicht die Prinzessin von Jakob.

An der Töchterschule gab es deswegen Ärger. Leny war durch den Künstlereingang in die Garderoben der Schauspieler und Opernsänger geschlüpft, ausgerüstet mit einem Geschenk, ihrem unwiderstehlichen Lächeln und ihren großen Augen eines verirrten Kitzes. Die Putzfrauen hielten die zielsicher sich durchs Gebäude bewegende junge Dame für eine angehende Künstlerin. Sie trotteten ungerührt mit scheppern-dem Eimer, Besen und einem ums Haar gewickelten Lappen durch die Säulengänge, während Leny in die Garderobe von Robert Peter drang.

Jakob wunderte sich, warum Leny das Theatergebäude mit seinen vielen Türen und geheimen Gängen so gut kannte. Die Schulleitung sagte, dass die Elevinnen der Töchterschule für ein kleines Geschenk alles ausspionieren, was ein Mädchen wie Leny interessiere. Zivilstand der Schauspieler, Wohnadresse, zum Kauf angebotene Fotografien, Beginn und Ende der Theaterprobe. Leny gebe viel Taschengeld in der Confiserie Speck für Patisserie aus, damit sie mit ihrer Freundin Eber einen Besuch bei Robert Peter einfädeln kann. Tuschelnd, kichernd, den Mund voll Süßigkeiten, üben die Mädchen jeweils ihre Strategie. Es geht dabei um die Frage, ob Leny sich ihm als Verehrerin vorstelle. Ob sie dabei lächle oder ihr Gesicht zur Seite senke. Oder plötzlich das Medaillon aufklappe, in dem sein Bild steckt, und sage: «Sie! Herr Peter, als Hamlet!»

Leny will ja nicht mit der Tür ins Haus fallen mit ihren Fragen: Wie komme ich auf dem kürzesten Weg zur Bühne? Wie ergattere ich eine erste winzige Rolle? Wer könnte sich beim Stadttheater für mich einsetzen? Welcher Name hat dort Macht?

Schließlich kaufte Leny eine Großpackung Pralinen und drang mit Freundin Eber in die Theatergarderobe. Robert Peter trafen die Mädchen dort nicht an. Nur Schauspieler Dörig war da.

So sprachen wir halt mit Dörig.

Leny sah ihn in dem Stück «Piccolomini», er hatte darin eine kleine Rolle.

Sein Haar war zurückgeleckt, die Haut wächsern, er hatte Säcke unter den Augen und roch süßlich nach Totenblumen. Ohne Maske sei er kaum zu erkennen, schreibt Leny. Er bot den Mädchen Platz auf dem Kanapee an. Rittlings setzte er sich gegenüber auf einen Stuhl, stützte seine Ellbogen auf die

Lehne und zog mit den Fingern seine Wangen so weit nach unten, dass die Augenlider nach außen gewendet waren. Er erinnerte Leny an einen Operettenwüstling.

Ein ziemlich aufgeblasener Kerl.

Mit Tenorstimme erkundigte er sich, ob die Mädchen ihn in der letzten Aufführung gesehen haben. Sie bejahten, sie hätten ihn bewundern dürfen. Da sprang er auf, schwang sich auf die Lehne des Kanapees, ließ einen Fuß in der Luft baumeln und rühmte sich. Wie gut er spiele, welche Wirkung er auf Damen ausübe, bestandene Ehefrauen würden die Contenance verlieren. Plötzlich ließ Dörig sich von der Lehne aufs Kanapee fallen. Die Mädchen saßen da, zusammengequetscht auf dem Kanapee, den gesträubten Pelzkragen im Nacken, die Finger um die Pralinenschachtel gekrallt, und drückten beinah die Lehne ab.

Er ist ein ganz gemeiner Kerl. Er hat mir einen Kuss (den ersten von einem fremden Kerl in meinem ganzen Leben) gegeben, wovon mir jetzt noch schauert. Er ist ein ganz blöder Kerl, der Dörig.

Im Anhang erklärt Leny, warum sie nicht fortstürzte, sondern noch eine Weile sitzen blieb. Weil er Schauspieler ist. Einer vom Fach, *wenn ich nur durch ihn zu meinem ersehnten Ziel gelangen könnte.*

Lenys Schrift wirkt unsicher. Es gab Erfahrungen, die für ein Mädchen mit ihrer Erziehung nicht einfach zu formulieren waren. Umso weniger, da es sich um eine Erfahrung mit dem Dilettanten Dörig handelte. Da versagt die Feder den Dienst. So nah wollte Leny keinem Schauspieler kommen. Sie legte ein Gelübde ab, in Zukunft wolle sie die Kanapees in Künstlergarderoben meiden. Alle Kanapees. Denn da bleibt immer noch eine Spalte Platz, in die ein Kerl sich dann drängt.

Das Papier des Tagebuchs weist fettige Stellen auf. Leny musste diesen Eintrag viele Male durchgelesen haben. Je länger sie über das Erlebnis in der Garderobe nachdachte, desto peinlicher war ihr der Vorfall. Sie tunkte die Feder erneut ins

Fass. Sie schrieb eine neue Version der Szene in der Künstlergarderobe. Diesmal war Robert Peter da.

Er küsst so wundervoll. Ist es eine Sünde? Ist es keine? Ich könnte ihn immerzu küssen, ohne Unterbruch, küssen und küssen, bis ich tot umfalle.

Ob ich es nicht hätte tun sollen?

Eine behütete Siebzehnjährige des Jahres 1911, die tut das nicht wirklich. Sie schreibt es hin, als Übung. Als ein in Worte gefasstes Gefühl. Damit sie es wieder und wieder lesen kann. Wie sie geküsst wird. So heiß.

Im Schein der Schreibtischlampe weinte sie ein wenig aufs Foto von Robert Peter in ihrem Tagebuch. *Er macht mich noch ganz verrückt.*

Danach streifte sie die Tinte von der Feder und brachte die Pralinenschachtel zur Post.

Der Ausschluss aus dem Elitechor kam Leny gelegen. Bald würde sie den Text ihrer ersten Rolle studieren – was kümmerte sie da der Elitechor?

Doch die Tage glitten dahin. Hinter den beschlagenen Scheiben fegte die Bise den Schnee vom Dach, puderte das Gerippe der Linden und bestückte das Geländer mit eisigen Splittern. Die Prinzessin war eine Gefangene im eisigen Schloss. Tränen schmierten Tintentropfen zu Wolken. Sie kauerte am Schreibtisch, ein Häuflein Unglück. Der Haarvorhang schloss sich vor ihrem Gesicht. Ihr Federkiel ruhte im Tintenfass. Es gab nichts zu berichten, das Leny als Ereignis bezeichnen mochte.

Robert Peter entwischte ihr immer. In seiner Garderobe musste sie sich mit den Kostümen, Perücken und Stiefeln begnügen. Sie hat aber über genügend Phantasie verfügt, um den Luftzug seiner Kleider zu spüren, die er im Dahinschreiten um sich wirbelt, während er sich seiner Sträuße und Pralinenpackungen entledigt, um sich aufs Kanapee zu werfen. An seinem Schminkplatz sitzend, berührte Leny seine Kammgarnitur, schraubte die Tiegel auf und sog den Männerduft ein. Sie betrachtete sich in seinem von einer elektrischen Birne erhellten Spiegel. Seine Bewunderin. Seine künftige Kollegin.

Einige Jahre später wird mein Sohn derjenige sein, der mit dem Hausmädchen vom Hotel Bellevue au Lac anbändelt, nur um einige Augenblicke an Lenys Toilettentisch den Veilchenduft ihres Flakons in sich einzusaugen, den Puder aus der Quaste zu stäuben und mit den Fingern durch ihre Seidenwäsche zu gleiten. Er stellt sich vor, wie er Leny diese zarte Wäsche über die Haut streift, wenn die Zeit gekommen ist.

4

Jakob war nicht begeistert vom Wunsch seiner Tochter, Schauspielerin zu werden. In Basel gibt es eine Universität, und Leny besuchte die erste Töchterschule, die ein Gymnasium für Mädchen führt. Der Zugang zur Universität stand nun ja auch Frauen offen.

«Was immer man von deren Befähigung zur exakten Wissenschaft halten mag», bemerkte Jakob. Ich war ärgerlich. Er beklagte sich über Lenys Berufswunsch, statt über unsere Zukunft nachzudenken, und die notwendigen Schritte einzuleiten, die es ihm erlaubten, endlich mein Korsett aufzuschnüren. Ich war es leid, mich statt mit Flitterwochen an der Côte d'Azur mit seiner Prinzessin zu beschäftigen.

«Jesus! Deine Tochter wird noch als Suffragette enden!»

Jakob war verblüfft, dass ich ein solches Wort in Verbindung mit seiner Tochter brachte. Er wollte, dass Leny sich den Schauspielerberuf aus dem Kopf schlage. Die Prinzessin begehrte auf. Sie redete mit der Zunge einer Gelehrten. Sie sei in einer Familie aufgewachsen, in der Kultur geschätzt wird. Man habe sie zu Theateraufführungen, Opern und Konzerten mitgenommen. Sie erfuhr das Glück, einen Vater zu haben, der sie die Werke der Kunst bewundern lehrte. Er pflanzte ihr diese Liebe doch wohl nicht ein, um jetzt zu verlangen, dass sie ihr entsage?

Jakob gab ihr zur Antwort, dass er sie dazu erzogen habe, die Bühnenwerke als Zuschauerin zu bewundern, seinetwegen von einem Logen- oder Parkettplatz der ersten Reihe aus. Die Künstlergarderoben und das Theaterpersonal gehen Leny nichts an.

Das Mädchen schreibt, dass es ihm gern entgegnet hätte: *Mir bedeutet aber das Personal fast alles.*

Ich habe Jakob den Rücken gestärkt. Er war seiner Tochter gegenüber hilflos wie ein Kind. Ich riet, das Taschengeld zu kürzen und ihr Hausarbeit zu verordnen. Leny solle sticken, nähen, flicken, Wäsche in die Schränke ordnen und auch sonst dem Personal zur Hand gehen.

Mittwoch 7. Dezember. Heute Abend habe ich an Papis Socken bis nachts um ½ 2 Uhr gearbeitet.

Kleckse im Tagebuch zeugen von Tränen. Diese müssen auch auf die Wollschlingen getropft sein. Doch sie kämpfte sich im Dunkeln tapfer und zähneknirschend von Nadel zu Nadel. Bei jedem Abheben, Umschlingen und Durchziehen des Fadens musste sie an die Freundin von ihrem Papi denken. Mit jeder Masche verstrickte sie einen Fluch.

Am nächsten Morgen legte Leny die neuen Socken auf den Frühstückstisch. Ihr Zimmer war aufgeräumt, und sie hatte den Tisch selbst gedeckt. Erwartungsvoll und mit gefalteten Händen saß sie dem Vater gegenüber.

Ich habe also Papi mit meiner besten Absicht gefragt, ob er mir das Theater erlaube, aber er ist ganz einfach aus meinem Zimmer gegangen und hat nichts erwidert. Also gut, ich werde nun aber auch gar nichts mehr tun.

Leny erschlich sich einen Theaterabend.

Gott verzeih mir meine Lügen, es ist so schwer, verzeih!

Nach anderthalbstündigem Anstehen an der Kasse ergatterte sie für sich und ihre Freundin zwei Karten im Parkett für «Prinzessin Herzlieb». Die Mädchen genossen die Aufführung. Mit dem Opernglas schaute Leny immerzu die weichen Lippen von Robert Peter an. Ihr Applaus war endlos.

Alles, alles war so schön.

Leny beharrte auf ihren Ausbildungswünschen.

«Als was will die Kleine denn dort auftreten, Jakob? Als Schaustellerin, Vedette, Minuinette vom Moulin Rouge oder was? Ein Mädchen aus frommem Haus, mit Pastoren und Rektoren in der Verwandtschaft. In deinen Kreisen, Jakob, üben die Töchter keinen Erwerb aus. Wozu? In deinen Kreisen kommandieren sie Personal. Warum will Leny sich auf der Bühne produzieren? Die Leute werden über sie und ihre Possen lachen. Wie kann sie diese absurde Laufbahn ins Auge fassen! Man muss sich ja schämen. Weshalb, um Himmels willen, will sie einen Beruf ausüben? Wie eine Tippmamsell?»

Das kleine Biest ist aufs Zimmer gerannt und hat alles ins Tagebuch geschrieben. Haargenau!

Beim Zusammenschlagen der Hände unter der Hutkrempe sei ich (diese teuflische Pariserin) nach vorn gekippt, dass man hätte meinen können, in meinem Inneren stürzten nun auch noch die letzten Säulen des Empires ein. (Das Weib) hat eine so säuerliche Miene gemacht, als würde sie von einer blutjungen Vedette mit Gejohle, Radschlagen und Beinspreizen von der Bühne gefegt.

Jakob ließ seine Tochter aus dem Zimmer holen.

Ich sagte klipp und klar meine Meinung. «Sie wird dir das Herz brechen, Jakob! Schausteller sind Vagierende. Eine Saison hier, eine Saison da, wie ein Zugvogel wird Leny von einem zum andern Land ziehen. Sie wird ab und zu ein Engagement haben, die meiste Zeit aber wartet sie auf eine Rolle. Die Bedeutendsten des Metiers sind aus schwierigen Verhältnissen emporgewachsen, Leny aber ist ein Prinzesschen. Was, wenn nichts Großes aus ihr wird? Wie Sarah Bernhardt, die in der Montgolfiere über Paris aufsteigt und ihre Rollen in einem Sarg einstudiert? Im besten Fall wird Leny eine Kopie davon, eine Imitation. Im schlechtesten Fall treibt sie als Leiche in der Themse. Ach, Jakob! Zusehen müssen, wie das eigene Kind in der Gosse endet!»

Mehr als einen Seufzer hatte ich diesem Satz nicht beizufügen. Alles Weitere verbot mir mein Anstand. Der Ofen bullerte. Leny biss die Lippen zusammen. Jakob schwieg. Das Unglück stand ihm ins Gesicht geschrieben. Er begann, auf den Absätzen zu wippen. Ich riet, Leny in ein straffgeführtes Mädchenpensionat zu schicken. Die Besseren schicken ihre Söhne und Töchter zur Ausbildung in die Heimat von Jean-Jacques Rousseau, Johann Heinrich Pestalozzi, Philipp Emanuel von Fellenberg und Gregor Girard.

Nur das Zischen der Scheite im Ofen und das Klacken von Jakobs Schuhen waren zu hören. Als er sich mit einem Schwung zum Fotoapparat drehte, wusste ich, er hat seine Entscheidung gefällt.

Leny beschrieb mich als eine Person, die mit dem Häkelhandschuh eine Mücke wegschnippelt, wenn das Gespräch aufs Theater kommt. Danach werde über die Schauspielerei nicht mehr geredet. Sie befürchtete, ihr Papi könnte mich (die verfluchte Pariserin) um die Hand bitten, nur damit aus seiner Tochter ein achtbares Mädchen werde, eins mit dem «Flair der Bergier». Dafür würde sich ihr Papi opfern.

Ich sei der Teufel. Der schlimmste von allen Teufeln.

Jetzt hockt Papi noch bei Frau B., ich bin bös. Es ist gar nicht schön von ihm ... jetzt raten sie wohl (Papi u. Fr. B.), was mit mir geschehen soll; Vielleicht Haushaltungsschule? Aber so leicht kriegen sie mich nicht unter, nein.

5

THEATER.

Dieses Wort ist im Tagebuch mit einem Ornament geschmückt. Es hat die Form einer Schnecke. Als das Mädchen diese Verzierung zum ersten Mal anbrachte, war es sechzehn Jahre alt. Leny benutzte sie später immer wieder, hob damit einen Titel hervor oder rahmte eine Glückwunschkarte. Allmählich wandelte sie die Verzierung ab. Die Kreise bekamen Ecken. Schließlich wurde es zum Signet. Die eckige Schnecke schloss die Initialen LB ein. Sie ließ dieses Zeichen in ihr silbernes Zigarettenetui gravieren. Es zierte Visitenkarten, den Kopf ihrer Briefe. Mit ihm präsentierte sich Leny der Welt.

Zwei Buchstaben, eingekapselt im Innern einer Schnecke.

Nach den Turbulenzen des Vormittags vom 7. Juli 1919 hat Leny Bider nicht daran gedacht, den letzten Eintrag ins Tagebuch mit ihrem Signet abzuschließen. Sie hält den Gedanken fest, der ihr seit der Erschießung von Mata Hari im Kopf herumgeht. Die Spionin soll ihn vor ihrem Tod geäußert haben. Leny beschloss, dass deren letzte Worte auch die ihren sein sollen. Sie schreibt sie ins Tagebuch und setzt einen Punkt. Dann streift sie die Tinte für immer von ihrer Feder, legt den Zwicker auf die Dokumente und lässt die Kette der Taschenuhr darauf rieseln.

Julie Helene muss sich nie mehr ausweisen. Nie mehr auf eine Uhr sehen.

Mein Sohn ahnt von alledem nichts. Zu dieser Stunde hält er sich ganz in der Nähe auf, lehnt mit gekreuzten Füßen an einem Pfosten am Flussufer. Sie müsste nur das Fenster öffnen. Sie müsste nicht einmal rufen. Ein Handzeichen würde genügen.

Er kennt ihre Trauer um den Bruder. Sie will allein sein und sich ausweinen.

Mein Sohn hat immer wieder das Gesicht zu ihrem Fenster gehoben, weil er glaubt, sie hätte gerufen. Die Sonne malt die Schnörkel der Fassade aus, und mein Sohn nährt die Hoffnung, sie würde dort in ihrem Zimmer langsam zurückfinden, ans Fenster treten und ihn zu sich rufen.

Mein Leben fängt an, denkt mein Sohn. Jetzt fängt es an.

Aber Leny ist schon tot. Sie liegt hinter der Malerei dieser schönen Fassade in ihrem Blut.

Es gibt Fotos von Leny Bider. Sie hat ein perfektes Gesichtsoval und traurige Augen. Ihr Haar ist in der Mitte gescheitelt, schwingt wie ein Vorhang zu den Ohren und fällt in Locken über ihre Schultern. Sie lehnt in ihrem blütenweißen Kleid leicht gegen einen Baum, eine helle Fläche vor der groben dunklen Rinde. Vater Jakob besaß einen Fotoapparat, von Zeit zu Zeit ließ er seine Leny posieren und stellte sich an den Auslöser, damit er ein Bild habe, das er betrachten könne, ohne dass Leny sich gleich wieder verflüchtige. Fotografieren ist in jenen Jahren der beliebte Zeitvertreib von Leuten, die es sich leisten können. Die nicht zurückschrecken vor dem Entwickeln des Bilds, für das sie chemische Mittel in der richtigen Dosierung benötigen. Das Ablichten ist teuer, eine Geldverschwendung. Auch für die Abgelichteten ist es eine aufwendige Angelegenheit, da sie sich im besten Kleid zeigen wollen. Einmal im Leben – dafür graben sie die Hochzeitsgarderobe aus oder leihen sich eine festliche Kleidung.

Gruppenfotos sind beliebt. Sie haben einen Braunstich und sind auf Karton geklebt. Familien, Schulklassen, Vereine. Alle Angehörigen auf einen Streich. Die Herren tragen den dunklen Anzug aus schwerem Tuch, ihr Hals steckt im engen Stehkragen, und die Uhrkette hängt über der Brust. Die Damen tragen helle, gefältelte, gesmokte und gerüschte Röcke, ihre Büste ist von einem Korsett eingezurrt. Sie betonen die

Figur mit einem Gürtel und die vorgewölbte Brust mit einer langen Halskette. Selbst Kinder tragen diese einengenden Kleider aus kratzendem oder kompliziert gefälteltem, gestärktem Stoff, der schwierig zu waschen und beinah unmöglich mit einem heißen Kohleneisen in Form zu bügeln ist. Die Gruppe wird zusammengetrommelt. Alle stehen stramm, die Großen im Hintergrund, die Kleinsten vorn im Schneidersitz und die anderen in der Mitte. Die würdigste Person, ein Jubilar, Leiter, Gründer oder eine Mutter thront auf einem Stuhl im Mittelpunkt. Die Großmutter hält das Jüngste auf den Knien. Sie verharren einige Sekunden reglos, bis der Fotograf sein Zeichen gibt, dass sie jetzt verewigt seien. Auch er kriecht erleichtert unter dem Tuch des Kastens hervor.

Mich gibt es auf keinem Familienfoto der Biders oder der Glurs. Es wäre der Familie unpassend erschienen, wenn die Pariser Freundin des Witwers sich mit ihrem Spross, dem ausladenden Hut und dem ausladenden Busen zu den Pastoren und Rektoren der Kaufmannsfamilie gestellt hätte. Zu Familienanlässen waren ich und mein Sohn nie geladen.

Mich gibt es aber in Lenys Tagebuch, und das sehr oft. Ich bin der Balken in Lenys Auge. Die Französin aus dem Tingeltangelkabarett, die teuflische Pariserin. Einmal beschwert Leny sich über mich wegen eines Huts, den sie sich gewünscht hat, einen ganz bestimmten Hut. Er ist aus dunklem Pelz, über die weiche, breite Krempe wölbt sich eine gleichmäßige Halbkugel, die ein Ripsband umschlingt. Auf der rechten Seite steckt eine leuchtend helle Blüte. Dieser Hut ließ die Prinzessin nicht schlafen. Sie mochte nicht essen und freute sich an nichts, ohne diesen Hut.

Ein anderes Mal beklagt sie sich über die Auseinandersetzungen wegen ihres Taschengelds. Die Prinzessin wollte eine Anzahl Freundinnen in die Confiserie Speck zu Patisserie und

Tee einladen oder zum Besuch des Greifen-Kinematographs. Sie kaufte für die Schauspieler Großpackungen Pralinen, die Schachtel zu vier Franken fünfzig. Das war mehr Geld, als ein Hausmädchen bei Biders in der Woche verdiente. Mehr, als eine französische Witwe mit Kind sich für Vergnügungen in einem Monat leisten konnte. In den Augen des Prinzesschens hingegen bedeutete es keine Ausgabe, sondern eine Investition in die Zukunft, ihre Kapitalanlage für die Bühnenkarriere.

«Muss man sich Sorgen machen?», hat Jakob mich gefragt.

Ich bestätigte seine Bedenken mit leicht aufs Leder der Handtasche trommelnder Hand. «Warum lässt du sie dein Geld verschwenden? Das sauer verdiente Geld?»

Ich war der Meinung, die Kleine brauche einen Mutterersatz. Eine Frau mit Lebenserfahrung, die immer da ist, die sie überwacht und erzieht. Ich hätte Jakob gern vorgeschlagen, als seine neue Ehefrau an die Thiersteinerallee zu ziehen. Doch ein Mann muss selbst auf diese Idee kommen. Ich weiß, was sich schickt. Ich gehöre zu den Frauen, die im richtigen Moment die Lippen zusammenpressen.

«Die Federn der Hutfregatte zitterten», schrieb Leny. Meine Hand sei über das Bibliotheksregal geweht, als hätte ich sämtliche Bände der Ratgeber, Lexiken und wissenschaftlichen Werke gelesen, und meine Miene war die einer außerordentlich besonnenen Person, die geeignet ist, Ratschläge zu geben.

Weil Jakob Hilfe erwartete, wagte ich ihm die Wahrheit zu sagen: «Dieses Mädchen ist gefallsüchtig, faul, verwöhnt, sehr trotzig, sehr wild und sehr gelangweilt. Es hat zu viel Zeit, zu viel Geld, zu wenig Zucht.»

Ich brauche keine Amme mehr, die mich am Gängelband führt.

Leny betitelte mich im Tagebuch als Papis Pariserflamme, die glaube, sie nehme ihr ein Stück Jakob weg. Und ein Sümmchen seines Vermögens. Sie bestand auf ihren Geschenken für die Künstler. Auf den Besuch des Theaters. Auf ihren Hut.

Leny konnte sich von einem zum andern Moment in eine hochdramatische Diva verwandeln. Sie stampfte auf, schleuderte ihren Mantel an den Haken und schlug Türen. Seinen Schnauzbart zwirbelnd, wippte Jakob dazu auf den Absätzen. Ich saß mit geradem Rücken auf dem Sessel und klöpfelte mit einem Finger auf den kleinen Tisch. Nur mein Sohn hat keinen Piepser von sich gegeben. Er barg den Kopf in seinen Armen, wünschte, er wäre nicht der Sohn einer Mutter, die kerzengerade am kleinen Salontisch sitzt und Leny widerspricht.

Ich fand, dass es für diese Kopfbedeckung, die Leny sich wünschte, zu früh sei. «Dieser Hut macht aus einem Kind eine erwachsene Frau», habe ich gesagt. «Leny verbraucht sich. Aber eine Direktor-Bider-Tochter sollte sich rar machen. Bald wird sie in die Ballsäle einziehen. Allmählich wird sie reifer. Sie sollte jetzt auf ihre Rundungen achten und sie nicht ins Kleid quellen lassen. Es geziemt sich nicht. Sie sollte ein Schnürkorsett tragen.»

Ich will aber den Hut, ich will ihn einfach, ich werde trotzen.

Am nächsten Morgen schlief Leny aus. Dann ließ sie sich das Frühstück ans Bett bringen. Papis Hosen wurden nicht geflickt und seine Schuhe nicht poliert. Ihr Zimmer blieb unaufgeräumt. Sie ließ die Wäsche auf dem Boden liegen, aus der sie sich gestrampelt hatte, und das Personal musste saubermachen. Leny hing trotzig herum. Sie riss die Seidenbänder um die Tuchstapel auf, damit die Ordnung der Schränke durcheinandergeriet, und fehlte zur Essenszeit. Als sie endlich erschien, zog sie ein Gesicht wie sieben Tage Regenwetter.

Dieser Hut wurde angeschafft. Natürlich. Er verwandelte Leny in eine Frohnatur. Alles war wie früher. Das Haus war von Lachen erfüllt, Leny war wieder Papis Prinzessin und Schmeichelkatze, der Kobold ihrer Brüder und der Wirbelwind des Treppenhauses. Sie lächelte dem Vater zu, der sie mit Hut auf ein Foto bannte.

An der Thiersteinerallee ließ ich mich nach dem Auftritt mit Leny eine Weile nicht blicken. Anstelle der Fahrt im Automobil von Jakob benutzte ich für meine Besorgungen die öffentliche Trambahn. Einmal fuhr ich an Leny vorbei. Ich schloss die Augen, weil es mich störte, dass ich im öffentlichen Verkehrsmittel an der Tochter meines ewigen Freunds vorüberfahren musste. Ich war es überdrüssig, an Jakob erinnert zu werden, der eher erstickte, als sich mir zu erklären. Der eher seinem Kitz alle Hüte der Welt kaufte, als sich von mir in Monte Carlo das Korsett an den Kreuzschnüren über sein Gemächt hängen zu lassen.

6

Helene Bider starb an dem Ort, der ihr am meisten zugesagt hatte. Zwei Jahre wohnte sie im Hotel Bellevue au Lac. Außer ihrer Singer-Nähmaschine gehörte ihr kein einziges Möbelstück. Sie besaß nur Dinge, die sie in ihre Schrankkoffer oder in die Handtasche packen konnte. Wie der Revolver. Wie ihre Kleider, alle schwarzweiß. Sie schaffte keine Bilder, keine Nippes, nicht einmal einen elektrischen Kocher an. Möblieren bedeutet, sich fürs Bleiben zu entscheiden. Das hat Leny nie getan. Sie war die Mieterin von möblierten Zimmern in der Pension netter Witwen, die zum Monatsende kündbar waren.

Auch ihrem Bruder Oskar war ein Zimmer bei Verwandten, die Unterkunft in einer Militärbaracke oder ein Lager im Freien vertrauter als das eigene Haus.

Geschwister ohne Wurzeln. Ein Luftzug, ein Hauch, schon wehten sie fort.

Die Polizei nimmt in einem Nebenraum im Bellevue au Lac die Aussage von Ernst Jucker auf. Er ist zu erschöpft, um noch einmal das Todeszimmer zu betreten. Er gibt zu Protokoll, dass er seine Verlobte an diesem Morgen von Dübendorf ins Hotel begleitete und kurze Zeit allein ließ. Er habe keine Veränderung an ihr festgestellt. Sie war bekümmert, doch gefasst. Nichts habe auf eine Verzweiflungstat hingewiesen. Sie schritt aufrecht die Treppe hinauf, zögerte nicht und wankte nicht. Er hatte den Eindruck, man dürfe sie ihrem Kummer überlassen. Sie bemühe sich, die Situation zu begreifen. Sie brauche etwas Zeit, um zu sich zu kommen. Das habe Jucker eingeleuchtet. Er versprach, später zurückzukehren. Sie habe genickt. Sie schien dankbar zu sein für den Halt, den er ihr in diesen schlimmen Stunden der Trauer bot.

Als er zurückkehrte, war es 15.45 Uhr. Er sei sofort zu ihrer Etage hinaufgestiegen und habe an die Zimmertür geklopft. Sie habe nicht geantwortet. Die Tür war unverschlossen, so sei er eingetreten. Leny lag auf ihrem Bett. Sie war tot. Das Gesicht unkenntlich. Ein an ihn adressierter Brief lag auf dem Schreibtisch, den habe er an sich genommen. Ohne etwas anderes anzurühren oder zu verändern, habe er das Zimmer verlassen und die Direktion verständigt. Diese rief einen Arzt, der den Totenschein ausstellte.

Kopfschuss. Selbstmord. DW. v. Muralt.

Nach dieser Aussage sucht Jucker einen stillen Platz im Restaurant des Hauses. Er sieht sich außerstande, jetzt auf eine Telefonverbindung mit Lenys ältestem Bruder Georg zu warten. Formalitäten zu erledigen. Seine Schilderung zu wiederholen. Anordnungen zu treffen. Er kauert im Sessel, ein gebrochener Mann.

Die Besichtigung der Leiche durch die Polizei bestätigt die Aussage des Arztes. Technisch handelt es sich um keinen ungewöhnlichen Suizid. Der Rapport macht eine weitere medizinische Untersuchung der Leiche überflüssig. Die bei einem Todesfall üblichen Maßnahmen können eingeleitet werden. Das Waschen der Leiche, das Einbinden, Einsargen und der Abtransport.

Dr. Georg Bider, der Bruder, ist das nächste lebende Familienmitglied. Es wäre seine Aufgabe, den Sterbefall seiner Schwester zu regeln. Um den seines Bruders Oskar kümmert sich das Militär. Aber Georg Bider ist in Arosa im Lungensanatorium zur Kur. Die Direktion des Bellevue au Lac schickt ein Telegramm ins Sanatorium, telefonisch hat man ihn vergeblich zu erreichen versucht. Er war nicht zu sprechen. Es gehe dem Patienten schlecht, im Augenblick stehe er unter dem Einfluss von Morphium.

Die Verwandtschaft in Langenbruck wird ins Bild gesetzt. Dort sei man fassungslos. Am Vormittag wurden sie über den tödlichen Absturz von Oskar orientiert. Jetzt seine Schwester Leny. Und auf diese Weise.

Die Geschwister haben ihren Heimatort seit längerem nicht besucht. Sie sind darüber hinweggeflogen. Im Tiefflug kreisten sie über dem Friedhof und betrachteten die Gräber ihrer Eltern. Oskar habe seinem Onkel einmal geschrieben, dass es für ihn jedes Mal ein merkwürdiges Gefühl sei, über dem Ort der Kindheit zu schweben. Ein Ziehen in der Brust. Er halte die Tränen zurück, wenn er auf die Häuser, die Wege und Spielplätze hinabschaue.

Diese Flüge müssen das Beste gewesen sein, was es im Leben der Geschwister gegeben hat.

Die Verwandten schnitten Fotografien und Artikel aus der Zeitung. Leny und Oskar waren ja in allen Illustrierten zu finden. Leny zeigten sie im Spielfilm, Oskar in einigen Wochenschauen. Vom Piloten-Ass schwärmten die Schulkinder. Aber auch über Jakob Bider selig, den Vater der Geschwister, wurde noch gesprochen. Er war, was sie im Dorf eine Nummer nennen. Ein Kenner des Tuchgeschäfts wie kein Zweiter. Ein Mann mit Verstand und Herz. Er bewies dies in der Zeit der Not, als viele Tuchweber sich einem Auswandererzug anschlossen. Manche verhungerten. Manche verheizten Tisch und Bank, Wiege und Bett, zuletzt auch die Webstühle. Einige schwangen noch tagelang ihre Axt, hackten Äste von den Bäumen, zersplitterten Zäune und spalteten Schöpfe. Sie konnten nicht damit aufhören.

Diesem Treiben setzte Jakob Bider ein Ende. Er fuhr mit einem vollbeladenen Ochsengespann in die Schneise der Weberäxte hinein. Das Krachen, Splittern und Rauschen verstummte. Eine unheimliche Stille. Nur die Ochsen trotteten mit ihrer schwankenden Gerätschaft einher, gemütlich scheppernd, als wollten sie zu einer Chilbi. Die Töpfe, Wickler, Verbindungsstreben, Kurbeln und Zahnräder klingelten und hüpften. Zuoberst auf einem Wickler saß Jakob Bider mit baumelnden Beinen. Wie die Krone dieser alles Elend der Weber verspottenden Fuhre.

«Was hast du unter dem Arsch?»

Mit erhobener Axt wankten die Weber näher.

«Das reine Honiglecken», antwortete Jakob. Er polierte einen Apfel an der Weste, biss hinein und spuckte die Kerne im Bogen durch die Luft. Die Weber starrten die Gerätschaft an und die von Apfelstücken prallen Backen des Karrers. Sie waren hungrig und wütend und wurden zu alledem noch von einem Apfelfresser verhöhnt. Mit schwingenden Äxten wankten sie näher. Jakob wischte bedächtig seine Hände an den Knien ab, umgriff unter seinem Hintern den Wickler und erklärte den Webern das reine Honiglecken. «Handweben ist Vergangenheit. Ihr seid jetzt Zwirner. Dieser Wickler ist zum Aufrollen eurer Garne. Die Zukunft gehört der Maschinenstickerei, dem Wasserrad, dem Dampf und den elektrisch betriebenen Maschinen. Es braucht Näher, es braucht Baumwolle und Nähseide. Vor allem aber braucht es zwei- und mehrfach stark gezwirnte Garne zum Nähen und Sticken. Hier ist die Gerätschaft, die es dazu benötigt, hier unter meinem Arsch.»

Die Weber begannen Wasserräder an die Bachläufe zu bauen, und das Wasser trieb die Maschinen ihrer Baumwollzwirnspindeln an. Sie waren jetzt Zwirner. Der Wohlstand kehrte zurück.

7

Der Portier des Bellevue au Lac bündelt Briefe, die am Nachmittag für Helene Bider eingetroffen sind. Die Absender konnten beim Schreiben noch nichts von den Ereignissen erfahren haben. Sie richteten ihre Worte an eine wirbelige, strahlende Frau. Ans blühende Leben.

Mit Adressen versehene Umschläge schickt der Portier zurück. Adressat verstorben. Die anderen legt er zum Gepäck der Toten, zur Hinterlassenschaft. Die Erben werden sich damit befassen. Er bedauert den Abgang dieses Dauergasts. Er bedauert den Verlust auch privat. Fräulein Leny hat immer pünktlich bezahlt, war freundlich und sehr großzügig. Sie wohnte im modernen weißmöblierten Zimmer. Sie war ja auch Malerin. Das Tageslicht scheint dort milchig durch die Voilevorhänge. Sie hat moderne Vasen aufgestellt. Ihre Lieblingsblumen waren Kamelien, die hat ihr ein Unbekannter geschenkt. Hin und wieder wurde solch ein Strauß von einem Boten abgegeben. Nie stand ein Absender darauf, nur die Adresse des Blumenhauses. Der Unbekannte war über alle privaten Ereignisse informiert, er hat ihre Lieblingsfarbe gekannt, Weiß. Alles immer weiß. Ihre Boa, ihre Kragen und Manschetten und die Pelzkappe, die ein vortrefflicher Rahmen für ihre aufgerissenen Rehaugen abgaben.

Auf ihrem Bett mit dem Revolver sitzend, hat sie den Blick vielleicht auf etwas Weißes gerichtet. Die Farbe des Neubeginns. Da hinein setzt die Malerin ihren Stift, da zieht sie ihren Strich.

Schneeweiß. Das letzte Bild. Und einen Revolver im Mund.

Sie mochte Schnee. Sie war eine gute Kunsteisläuferin. Jakob hat sie im Automobil zum Eisfeld nach Riehen gefahren. Wippend, die Hände auf dem Rücken verschränkt, schaute er eine Weile zu, wie seine Tochter in rasanter Fahrt mit flatternden Röcken an den Zuschauern vorüberglitt. Am Ende des Zauns hüpfte sie mit einer Drehung auf ein Bein, schlängelte rückwärts, sprang eine halbe Drehung und glitt mit waagrecht in die Luft erhobener Schlittschuhstiefelette erneut an der Abschrankung vorüber. Sie machte Pirouetten, den Kopf in den Nacken gelegt, die Arme in die Hüfte eingebogen. Ein Aufziehfigürchen, aufgedreht, hingestellt und losgelassen, um auf dem Eisfeld zu einer undeutlichen tanzenden Figur zu gerinnen, die unaufhörlich wirbelte.

Sie hat ihre Spur in die Eisfläche von Riehen geritzt.

Das Eisfeld war der Treffpunkt für junge und weniger junge Leute. Leny ging oft hin, sie traf sich mit Freundinnen. Kreischend jagten die Mädchen einander. Diese Eisprinzessinnen konnte man mieten. Sie nahmen den Unbeholfenen bei der Hand. Leny wurde manchmal von zwei Herren gleichzeitig engagiert. Sie zog beide mitten aufs Feld, schwankend und rudernd ruckelten sie hinter ihrer Eisprinzessin her. Sie lehrte sie schweben – ihre Schüler drehten sich um sie im Kreis. Einer taufte Leny «Bienenkönigin».

Ich feierte wieder mal einen kleinen Triumph über die steife Baslersippe. Ich allein wurde von ein paar Herren engagiert. Ich kann ja nichts dafür, wenn die anderen Mädels so dumme Böcke sind. Ich sah es ihnen an, dass sie es mir schrecklich missgönnten, aber warum sind sie so steif … Nachher ruhten wir aus. Am Ende zogen mir die beiden Herren je einen Schlittschuh aus.

Der Mann, der sie «Bienenkönigin» nannte, trug ihr die Schlittschuhe bis zur Tramhaltestelle der Handelsbank. Sie zeichnete eine Biene in ihr Tagebuch, eine Biene, die sich huldigen lässt. Es gefiel ihr, sich in dieser Rolle zu sehen. Genau genommen dreht sich ihr Tagebuch um ihre Rolle als Bienenkönigin. Man stellt Leny aufs Podest. Man behandelt Leny wie Luft. Männer begehren Leny. Männer sehen über Leny hinweg. Heute will Leny die Welt auf den Kopf stellen, morgen will Leny sterben.

Dies ist der Inhalt des Buchs. Das Auf und Ab ihres Erfolgs.

Als sie den ersten Buchstaben ins Tagebuch malte, zweifelte sie keinen Augenblick, dass die blaue Tinte aufregende Erlebnisse festhalten würde. Ein Ereignis jagt das andere. Aber schon in Basel rieselten die Tage dahin. Sie fasste in die Luft. Wonach? Nach nichts.

Nach einem halben Jahr war erst ein kleiner Teil von Lenys Tagebuch mit dunkelblauer Tinte beschrieben. Einer nennt sie «Bienenkönigin», damit hat sich's. Sonst passiert nichts von Bedeutung. Das Tagebuch will aber Handlungen sehen, es will von jedem Schritt unterrichtet werden, den Leny in Richtung des Ziels unternommen hat, es will teilhaben an Lenys Jubel. Mit einer Feder traktiert werden, Tinte aufsaugen, Tag um Tag.

Plötzlich war dieses Tagebuch nicht mehr die allerbeste und vertrauteste Freundin. Es hatte sich in eine Art Schuldschein verwandelt. Dieser präsentierte Leny jeden Tag seine Forderung. Wo sind diese Wellen, die anrauschen, Leny hochheben und auf die Bühne schleudern? Wo sind diese unerhörten und spannenden Geschehnisse? Wo ist Lenys Himmel auf Erden?

Tatsächlich ist ihr nicht gestattet, Schauspielerin zu werden. Es ist ihr nicht gestattet, sich in der Garderobe bei den Schauspielern über diesen Beruf zu informieren. Es ist ihr nicht gestattet, auch nur daran zu denken, eine Künstlerin zu werden.

Stattdessen Hausarbeit. Stattdessen ein Korsett. Stattdessen etwas Patisserie, eine Nähmaschine, ein Medaillon. Stattdessen jene Winzigkeiten, die Leny hindern, sich schon im Alter von sechzehn Jahren eine Kugel in den Kopf zu schießen.

Und jetzt soll ich also nun in einen Pensionatskäfig.

Vor Leny lag eine Liste. Sie enthielt alles, was Leny zum Überleben in einem Käfig benötigte: ein Sortiment Unterwäsche mit eingenähtem Namensschild, drei weiße Musselinkleider mit Stickerei, ein Wollmantel mit Pelzkragen, ein Felbenhut, vier Kopftücher, drei Cloches, ein Streifenbadekleid mit gerüschter Streifenbadehaube, ein halbes Dutzend Handschuhe, dazu Taschen, Strümpfe und Schuhe, Veilchenparfüm und Seifen, zwei Halsketten. Geld fürs Ergänzen, Reparieren, Blanchieren und Reinigen. Geld fürs Tram, für die Confiserie, Konzerte, kleine Geschenke und natürlich für die Couturière. Leny wollte der «Pariserin» nicht den Gefallen tun, dort im Käfig herunterzukommen, sich zu kasteien und aus Heimweh zu krepieren.

Danach fällt eine große Lücke im Tagebuch auf. Das Leben von Leny ist durcheinandergeraten. So sehr, dass ihr die Worte fehlten.

Große Veränderungen. Papi tot. Ich weiß gar nichts zu sagen. Ich kann es fast nicht glauben.

Jakob Bider starb an einer Lungenentzündung, innerhalb weniger Tage. Seine Kinder waren geschockt. Ich war fassungslos. Betäubt. Wieder Witwe. Oder etwas Ähnliches. Alles vorbei, meine Träume von Monte Carlo, das bisschen Glück einer alternden Frau, die winzige Hoffnung auf eine Prise Sicherheit für meinen Sohn und mich. Vernichtet.

Doch ein Mensch stirbt nicht am Kummer. Man öffnet eine Tür und geht eine Straße entlang. Man macht Einkäufe, kocht, kaut und starrt nachts in die Dunkelheit. Man ist überrascht, dass man aufrecht an einem Grab stehen kann, die Hände auf den Schultern des Sohns. Dass man, wie alle anderen, eine Schaufel Erde auf den Sarg werfen und den nachfolgenden Trauergästen Platz machen kann.

Ich hatte im Haushalt an der Thiersteinerallee nichts mehr zu sagen.

Die Basler Wohnung wurde aufgelöst. Das Personal zog mit dem letzten Möbelstück aus dem Haus, um den Schöpflöffel gegen anderes Porzellan zu schlagen, andere Gäste aufzuschrecken. Jakobs Schwager Albert wurde zum Vormund der minderjährigen Leny bestimmt. Die Hinterlassenschaft reichte, um die drei Kinder das Leben im gewohnten Stil weiterführen zu lassen. Leny war bereits in Lausanne für ein Pensionatsjahr angemeldet, sie würde dort die französische Sprache in Wort und Schrift erlernen. Georg stand vor dem Abschluss des Medizinstudiums, er mietete eine eigene Wohnung. Oskars Zukunft hing noch in der Luft. Er hatte die Rekrutenschule abgeschlossen und arbeitete bei einem Bauern. Es gefiel ihm nicht besonders. Bauern haben keine Zeit, um zu reiten. Er hatte aber von den Pampas in Argentinien gehört, den riesigen Farmen dort, den tagelangen Ausritten. Er kündigte an, dass er nach Argentinien reise, um auf dem Gut eines Schweizer Freunds als Gaucho über die Ebenen zu reiten. Er versprach, danach zurückzukehren und seine Schwester aus dem Pensionat zu holen.

Leny hat zum allerersten Mal ihre Schrankkoffer gepackt.

Sie räumte alles hinein, was auf ihrer Liste stand. Danach zwängte sie sich ins neue Korsett, das ihre Brüste quetschte. Oskar verfrachtete seine Schwester samt Schrankkoffer und Nähmaschine in den Zug und brach auf.

Oski ist jetzt auf der Reise nach Argentinien. Hoffentlich kommt er gesund u. wohl an. Und auch wieder zurück.

Das Tagebuch, ihr Herzschlag, setzt Tage, Wochen, Monate aus. Sie mag nicht schreiben. Verschickt keine Briefe, keine Karten, macht keine Geschenke. Sie möchte reden.

Wäre Vater noch hier. Wäre Mutter noch hier. Wären die Brüder nicht fort. Wäre Leny noch das Kind, das gern in Knöpfen, Litzen, farbigen Fadenspulen und Posamenterien kramt.

Es ist niemand da, mit dem sie reden kann. Es gibt nicht einmal einen Ort, an den sie in den Ferien zurückkehren kann. Nur Gräber auf dem Friedhof von Langenbruck. Sie sieht sich als verlorener Stern. Abgedriftet irgendwo im All.

Am 15. Mai 1911 taucht das Mädchen wieder auf.

So, jetzt bin ich also in Lausanne im Pensionatskäfig.

Die aufmüpfige Leny. Beinah wie früher.

Das Institut Clos du Matin für Mädchen liegt in Lausanne auf der Höhe des Valentin. Das Anwesen Nummer 42 ist rundum vergittert. Aber der Käfig sei recht nett, schreibt Leny.

Dieser Käfig ist ein Herrschaftshaus in einem großzügigen Park. Beste Lage, Blick auf den Genfersee. Einzelzimmer. Horrende Preise. Ein Pensionat für kultivierte, vielseitig interessierte Töchter, mit dem Prestige, modern und erstklassig zu sein. Das Gittertor des Parks ist immer geschlossen, dringende Erledigungen in der Stadt sind bei der Direktrice zu melden. Der Schlüssel zum Tor hängt im Büro neben dem Eingang. Madame Piguet-Truan, die Besitzerin und Direktrice des Pensionats, verwaltet diesen Schlüssel.

Achtzehn Mädchen unterschiedlichen Alters, aus verschiedenen Ländern, studierten zusammen mit Leny die französische Sprache, besuchten Konzerte, Theater, Ausstellungen, Vorträge, Vorführungen und zeigten sich bei Festivitäten. Der Lehrkörper wurde von Mademoiselle Irène Piguet, der Tochter der Besitzerin, geleitet. Er bestand aus Lehrerinnen für Gymnastik, Zeichnen, Musik, Literatur und Handarbeit.

Ich kenne die Lehrerin für den Zeichenunterricht. Fräulein Sandoz versprach mir, ein Auge auf Leny zu haben. Schon am ersten Tag sprach Leny bei der Direktrice vor. Sie empfing die eintretende Elevin starr auf einem Stuhl mit hoher Lehne sitzend, lächelnd mit blitzender Zahnprothese, die Hände auf dem Einband eines Registers. Leny verlangte den Schlüssel. Sie wollte in die Stadt. Dringende Einkäufe!

Schweigen. Leny hatte den Eindruck, eine von Zuckerguss überzogene Kopie fülle den Platz der Direktrice aus. Im Gang plauderten Mädchen.

«Wann ist Ausgang?», fragte sie Leny. Gelächter brach aus. Ausflüge machen die Töchter in Begleitung von Mademoiselle Irène in Zweierkolonne. Die Mädchen nennen diese wandernde Gruppe «Krokodil». Dreimal in der Woche eilt die Direktrice mit dem schweren Schlüssel dem Krokodil voran und sperrt das Tor auf. Wenn die Elevinnen aus dem Clos schreiten, liegt ihnen die Stadt zu Füßen. In weißen Rüschenkleidern, Knüpfschuhen mit blinkenden Knöpfen und mit Bändern im Haar wallen sie durchs hochstehende Grün ihres Hügels. Der Wind rauscht in den Linden und lässt die Silberseite des Blattwerks aufblitzen, wie die Volants von Halbweltdamen, die im Kabarett Cancan tanzen. Die Töchter steigen vom Valentin herab, überqueren den Grand Pont und tauchen ein in den Lärm der Stadt. Mademoiselle Irène bemüht sich, ihre Gruppe zusammenzuhalten. Die Mädchen bleiben vor den Auslagen der Galerie de Commerce stehen, studieren die Plakatsäulen und trippeln kichernd an den Studenten vorbei, duftend nach Zimt, Vanille und Veilchen.

8

Am Vormittag des 7. Juli gab Dr. Georg Bider in Arosa eine Todesanzeige für seinen Bruder Oskar auf. Zur Trauerfamilie, die den Tod des Chefpiloten der schweizerischen Fliegerabteilung beklagt, zählte er auch Julie Helene. Am Nachmittag war diese Anzeige überholt. Noch ehe sie im Druck erschien.

Nach der Ruhezeit im Lungensanatorium wurde der Hinterbliebene vom Tod seiner Schwester in Kenntnis gesetzt. Doch die Pflegeperson konnte ihn nicht dazu bewegen, ans Telefon zu gehen. Sie teilte dem Anrufer mit, dass Doktor Bider noch benommen sei vom Tod seines Bruders. Ihr habe der Patient erzählt, dass seine Schwester an Oskar gehangen habe und immer schon ein bisschen dramatisch war. Trotzdem erklärt das nicht, warum sie so unverhältnismäßig auf Oskars Tod reagiert hat. Dr. Georg Bider hat seine Schwester wohl nie wirklich gekannt. Die Pflegeperson fügt ihr Bedauern bei. Ihre Lungenpatienten spucken Blut und husten sich die Seele aus dem Leib, doch sie klammern sich an jeden Strohhalm. Dieses gesunde Fräulein hingegen wirft das Leben fort.

Die Direktion des Bellevue au Lac bittet die Pflegeperson, sie möge den Patienten bewegen, die letzten Dinge zu regeln. Außer ihm ist niemand da, der Maßnahmen ergreifen und Entscheidungen treffen könnte. Die Pflegeperson antwortet, ihr Patient sei überfordert. Der Anrufer insistiert. Die Pflegeperson schafft Klarheit: Seit Eintreffen der Nachricht dämmert der Patient im Morphiumrausch. Eingewickelt in Wolldecken, liegt er im Klappstuhl vor dem Sanatorium und macht keine Anstalten, den Morgenmantel mit der Reisekleidung zu vertauschen. Das Telegramm liegt auf seinem Schoß. Das Pflegepersonal bedient ihn schweigend. Es ist nicht einmal sicher, dass er zur Beerdigung nach Langenbruck reisen kann.

Eine etwas stärkere Bindung an Oskar zeigte Leny erst als Vollwaise. Sie sorgte sich um ihren Bruder auf seiner langen Reise über den Ozean.

Wenn er nur gesund an- und wieder zurückkommt.

Sie war verloren, die Leny. Plötzlich musste sie allein zurechtkommen. Sie kannte in Lausanne keinen Menschen und verstand die Sprache nicht. Die Welschen reden zu rasch.

Nachts in ihrem Einzelzimmer saß Leny über den Schreibtisch gebeugt. Sie senkte den Kopf aufs Papier und bekritzelte ihr Tagebuch. Sie habe Zahnweh, schrieb sie. Sie habe einige Mädchen kennengelernt, bisher aber keins entdeckt, das sie zur Lebensfreundin haben möchte.

Verrücktes Zahnweh. Quelle aurreur.

Quel horreur, meint Leny. Sie muss lernen, dass die Muttersprache der Pariserin anders geschrieben als ausgesprochen wird. Dass sie eine Elevin im Clos du Matin ist. Nicht ein und aus spazieren kann, wie es ihr beliebt. Sie vermerkt, die Lehrerinnen des Pensionats seien nicht anders als jene an der Töchterschule Basel. Bestimmen Regeln und Stundenpläne, haben Anforderungen und Erwartungen.

In Basel war es trotzdem besser.

In Lausanne ist sie Tag und Nacht unter Aufsicht. Es gibt Zimmerkontrollen. Das Zentimetermaß wird an die gefaltete Wäsche im Schrank gelegt und an die Daunendecke, die zur Kiste geformt werden muss. In den Gängen, die eine Volontärin scheuert, hängt der Duft nach Schmierseife, durch die Glasfenster stürzt das Tageslicht in smaragdgrünen, rubinroten und gelben Scherben auf den Steinfußboden wie in eine Kirche. Es gibt eine Anmeldeliste zum Badesaal, es gibt die Fächer Composition, Prononciation, Histoire, Litérature, Peinture, Musique, Gymnastique und Promenades en groupe. Viel Arbeitszeit, wenig Freizeit. Gemeinsames Studium im Saal. Schweigen, Beten, Essen, aus dem Fenster Starren unter Aufsicht. Briefe sind unverschlossen im Büro der Direktrice abzuliefern.

Die Malstunde gefiel Leny am besten. Sie fiel ihrer Lehrerin, Mademoiselle Sandoz, auf – der feine Strich der Zeichnung, die Anordnung und die Perspektive zeugen, schrieb mir diese, von künstlerischem Talent. Leny würde schon bald ein Ölgemälde anfertigen dürfen.

Von Robert Peter kein Brief.

Sie nahm das Foto aus dem Medaillon.

Ein Foto von einem Herrn kommt nicht mehr hinein.

Ich schickte Leny einen langen Brief. Schrieb von der Stille, der Leere, von den guten Noten meines struppigen, sich aber mehr und mehr zurückziehenden Sohns. Mein Kummer um Jakob sei wie ihrer, eine tiefe Wunde in der Brust. Nur dass Leny jung sei und noch alles vor sich habe, während ich nichts mehr erwarte. Nichts!

Ich schrieb auch, dass ich ihren Vater nicht vergessen könne. Ich würde oft sein Grab in Langenbruck besuchen. Er liegt dort neben seiner Frau, Lenys Mutter. Da ich nicht die Witwe bin, begegne ich abschätzigen Blicken von Einheimischen. Meine Trauer halten sie für unangemessen, als versündigte ich mich am verstorbenen Ehepaar. Sie denken, ich stelle Jakob noch immer nach, einem Toten. Das ist nicht leicht, liebe Leny. Niemand tröstet eine hinterbliebene Geliebte. Ich habe kein Erinnerungsstück an Jakob. Auch mein Sohn nicht. Wir öffneten Jakob unsere Herzen, doch wir wurden nicht im Testament bedacht. So bin ich jetzt doppelt allein – eine bestrafte Hinterbliebene.

Wenigstens könne ich am Leben von Jakobs Tochter Anteil nehmen. Sie in dem vorzüglichen Pensionat von Madame Piguet-Truan zu wissen sei mir ein Trost. Dass Leny dort mit Mädchen aus ihren Kreisen aufwächst und zu einer kultivierten höheren Tochter werde.

Ich habe keine Antwort erhalten. Gott weiß, warum ich eine Antwort erwartet habe.

Die Verwandtschaft und die Schauspieler erhielten Grüße aus dem Welschland von Leny. Sie ließ französische Ausdrücke in die Briefe einfließen, Beweis für ihre Gelehrigkeit und ihren Fleiß. Die Schauspieler dankten mit einer Fotografie, die Verwandten schickten Pakete. Vormund Albert ging auf die Träume seines Mündels ein. Er hatte keine Kinder, aber als Schulrektor kannte er die Träume und Wünsche junger Mädchen. Als Patenonkel stand er Leny besonders nah. Er wünschte sehr, seine Prinzessin würde den Tod der Eltern überwinden und im Welschland glücklich sein.

Seine Briefe nahmen eine besondere Stellung in der Werteordnung von Leny ein. Sie eröffneten ihr etwas Neues und Überraschendes. Sie entdeckte seine Verliebtheit. Sie konnte es kaum glauben. Stoff fürs Tagebuch.

Ich habe einen ganz feinen u. famosen Brief von Alby erhalten. Er will mich lehren, wie eine Liebeserklärung u. Liebesgeständnis vor sich geht. Er schreibt, ich hätte einen wunderbaren Mund zum Küssen!!! Ich glaube, es wird noch ganz lustig.

Er hat sie besucht, griff in ihr regenfeuchtes Haar und fragte, was sie treibe. Als Rektor wusste er genau, was Elevinnen eines Pensionats im Welschland treiben. Französische Grammatik büffeln. Nasale richtig aussprechen. Verben in allen Zeitformen deklinieren. Sie klagte, sie hätte zu wenig Zeit fürs Tagebuch. Die Schülerinnen haben so viele Exercices, dass sie höchstens einmal in der Woche dazu kommen, ihre Erlebnisse einzutragen. Wenn im Studiensaal nicht mehr geübt und geseufzt wird, sondern alle Mädchenköpfe sich übers Tagebuch senken, dann spricht Leny mit der besten Freundin, dem Tagebuch.

Ermahnungsbrief von Großvater. Ich pfeife jetzt dann auf die ganze Verwandtschaft. Wenn ich doch nur draus und davon könnte, wohin wäre mir ganz schnuppe, nein, am liebsten in ein Kabarett oder dergleichen, das wäre ein Ort für mich.

Krach mit den Mädchen. *Die Mädel hier sind alle ganz blöd!!!*

Krach mit der Coiffeuse. *Ist das ein dummes Biest.*

Mit der Blanchisseuse hat sie sich auch angelegt. *Grande Krach.*

Krach mit Madame. *Die Alte hat ja wieder eine Laune, etwas ganz Erbärmliches.*

Leny erwartete Antwort von einem Stavros und verdächtigte die Direktrice, Briefe zu unterschlagen, um diese Onkel Albert zum Lesen zu geben. Die glaube wohl, dann sei mit der Akademie in München Schluss und aus. Denn dann werde Leny in einer Haushaltungsschule an schweren Pfannen und Kochzubern gedrillt und verderbe ihre Hände beim Schälen von Kartoffelbergen und stundenlangem Abwasch. Leny bat um Herausgabe dieser Briefe. Höflichst. Dringendst.

Sie rückt die Briefe nicht heraus, das Luder, die Hexe. Ich hasse sie.

Eine Wut habe ich, ich könnte aus der Haut fahren. (Jetzt muss ich leider in die Kirche!)

Krach. Frieden. Exercises. Verstimmungen inzwischen gelöst.

Hier geht alles im gleichen Tramp.

Sie begann die Lehrerinnen zu schikanieren. Mit Madame Piguet-Truan legte sie sich vor den Mitschülerinnen an, um zu sehen, welche von beiden das Publikum auf ihre Seite bekäme. Es ging um Macht. Sie wollte ein paar Momente lang nicht das Gefühl grenzenloser Ohnmacht haben.

Auf Mademoiselle Sandoz wirkte das Mädchen verloren.

«Die begabte Julie Helene fühlt sich hier nicht heimisch», schrieb sie mir. «Auch an keinem anderen Ort. Sie muss das Clos du Matin als Kerker empfinden, in dem sie bis zur Volljährigkeit auszuharren hat. Und die Lehrerinnen sind ihre Gefängniswärterinnen. Irgendwie ist sie in der Schwebe. Ohne Bezug, ohne Halt. Wie könnte ein Pensionat der richtige Ort sein, um das Mädchen von diesem Zustand zu erlösen! Wie könnten wir ihm das Gefühl einer Familie geben! Der Aufenthalt bei uns entspricht dem letzten Willen ihres Vaters. Sie fügt sich. Verwandte sind zwar da, aber sie können oder wollen die Waise nicht zu sich nehmen. Andererseits ist sie minderjährig. Ihr Vormund trägt die Verantwortung. Er mag das Mädchen. Vielleicht mag er es allzu sehr, denn seine Frau drängt darauf, dass wir sein Mündel sogar in den Ferienzeiten und an Weihnachten in unserer Obhut behalten. Obwohl wir das Pensionat in dieser Zeit schließen.»

Kaum hatte sie mir diesen Brief abgeschickt, traf Fräulein Sandoz nachts im Garten Leny. Sie war gerade dabei, das Tor zu übersteigen, für den Ausgang gekleidet, Hütchen, Handschuhe, Boa und Täschchen. Doch sie steckte mit einem Fuß im Gitter fest, den anderen balancierte sie auf der Lehne eines mitgebrachten Klappstuhls. Aus den offenen Zimmerfenstern der Mädchen wehten die Vorhänge, und das Summen der Stadt dröhnte vom Grand Pont zum Valentin herauf, das Hupen der Automobile, Hundegebell, Gelächter, Studentengesang. Diese einzelnen Geräusche klangen auf und verloren sich in der Ferne. Leny wimmerte im Gitter vor sich hin. Vielleicht wartete draußen einer auf das Mädchen. Ein Robert, ein Jean, ein Stavros? Einer, der sie nicht schlafen ließ, dessen Lockrufe nachts in ihr Zimmer drangen.

Das Mädchen habe Fräulein Sandoz leidgetan. Über dem Park glitzerte der Nachthimmel von Sternen, ein Duft nach frischgemähtem Heu lag in der Luft, Fledermausschatten schwirrten umher und in der Tiefe leuchtete die Stadt wie ein Amethyst. Eine Nacht, wie man sie selten erlebt. Und Julie Helene Bider klammerte sich ans Tor wie ein verzweifeltes Äffchen. Schließlich schmetterte sie die Faust gegen das Gitter und ließ sich zu Boden fallen. Sie blieb sitzen im Kies und weinte. Die Boa hing an den Stäben, schlaff und reglos wie ein erstricktes Tier.

Der Sommer kam, für den Jakob und ich so viele Pläne gemacht hatten. Wie oft sah ich uns durch Monte Carlo schlendern. Und im Automobil umherfahren, das jetzt Georg, Oskar und Leny gehörte und unbenutzt im Schuppen eines ihrer unbewohnten Häuser stand. In meiner Mansarde in der Stadt war es stickig. Ich ging kaum noch aus, hatte nicht die geringste Lust, mir das Haar zu einem Aufbau zu nadeln, die Schnüre durchs Korsett zu ziehen und mir die Mühe mit den unzähligen Knopfverschlüssen zu machen. Niemand würde sie öffnen wollen, niemand meinen Körper aus der Panzerung schälen.

Mein Sohn bereitete sich am Ende des Gymnasiums auf die Universität vor. Er ließ mich nicht mehr in die Küche, wenn er sich wusch. Er wurde zum Mann.

9

Die Direktion des Bellevue au Lac kümmert sich nun selber um den Sterbefall im obersten Stock. Der Leiche werden die blutigen Kleider ausgezogen, sie wird gewaschen und bekommt einen Kopfverband. In einem sauberen Kleid wird sie eingesargt. Die Träger befördern den Sarg durch den Lieferanteneingang aus dem Nobelhaus. Zur Essenszeit, da die Treppe nicht von Gästen benutzt wird.

Nur wenige Passanten bemerken den Vorgang. Ein Sarg wird auf einen Leichenwagen verladen. Ein kleiner Auflauf am Lieferanteneingang entsteht. Es heißt, es handle sich um eine Frau, eine sehr schöne und junge Frau. Sie wohnte im obersten Stock. Künstlername Leny Harold.

Die im Waffenrock über die Filmleinwand gehüpft ist? In unserem heiligen Waffenrock!

Sie ist es. Eine Berühmtheit.

Einige Passanten wollen die Tote gekannt haben. Vom Hören. Vom Sehen. Sie hatte einen Ruf, war geschminkt und onduliert, ein Luder. Trotz allem göttlich. Eine interessante Erscheinung, besonders in Begleitung ihrer riesigen Dogge. Es heißt, Regisseur Decroix, der Entdecker von Fern Andra, habe auch diese junge Dame für den Film gefunden. Man weiß nicht wo, man weiß nicht wie, erinnert sich aber an ein Kinoplakat, das einen Teil der Fassade des Orient Cinema bedeckte. Groß, der Kussmund unserer ersten Stummfilmdiva, ein bewegender Film. Er hat die Leute zum Weinen gebracht. Eine starke Frau, eine leidenschaftliche Frau. Sie hat nur sich selber gespielt, quirlig, natürlich, lebhaft, aber auch distanziert, beinah eisig. Kletterte und hüpfte über den Felsgrat wie eine Geiß. Trug Hosen, fuhr auf Skiern, saß auf dem Pferd wie ein Mann und galoppierte, fuhr Hochrad und Schlittschuh. Während die Sarah Bernhardt sich in einer Montgolfiere nur gerade auf Dachhöhe tragen ließ, kreiste die Harold in einem offenen Flugapparat in großer Höhe über die ganze Schweiz. Als Zeppeline Bomben auf London warfen, soll sie dort Tennis gespielt haben. Oder war es Klavier? Oder hat sie eine Confiserie leergeräumt? Einerlei. Während Geschosse einschlugen, habe sie etwas Nebensächliches, Absurdes, Unbegreifliches getan. Das war die Harold!

Ihr Tod ist kaum zu glauben.

Noch dringen keine Informationen nach außen. Es gibt nur Gerüchte. Die Harold sei die Schwester des abgestürzten Aviatikers. Inzwischen sei auch sie gestorben.

Wie gestorben? Man weiß es nicht. Ein natürlicher Tod ist wenig wahrscheinlich. In ihrem Alter, bei ihrer Frische, ihrer Lebhaftigkeit, ihren Plänen. Sie hing am verunfallten Bruder. Sie feierte in der vorhergehenden Nacht mit ihm. Vielleicht gab sie sich die Schuld?

Ohne sie wäre Oskar Bider nie Pilot geworden. Ohne diesen Piloten hätte die Schweiz in der Geschichte der Luftfahrt nie Bedeutung erlangt.

Es sei ihr Verdienst, Julie Helenes. Sie hat seit ihrer Pensionatszeit Flugapparate bewundert. Schon als Kitz. Die Flugschau vom 7. Juni 1911 über dem Genfersee ist als eins der aufregendsten Ereignisse in Lenys Tagebuch vermerkt. Daran nahmen Piloten der ersten Stunde teil, Dufaux, Failloubaz, Taddeoli, Grandjean, Bianchi, Bucher, Barra, Burri, Wyss und Durafour. Es galt, den Misserfolg des ersten Meetings von Vichy bei Genf auszubügeln. Dort heulte und pfiff das Publikum über die lahmen Vögel und stürmte nach drei Stunden vergeblichen Wartens die Barrieren, richtete die Tribünenstühle zu einem Scheiterhaufen auf und zündete ihn an. Worauf Dufaux sich nur durch eine Runde über dem Platz in zehn Metern Höhe vor dem Lynchen retten konnte. Doch beim zweiten Meeting über dem Genfersee herrschten gute Wetterverhältnisse, und die Aviatiker hoben sich pünktlich mit ihren stoffbespannten Holzkonstruktionen in die Lüfte, zogen Schlaufen über den See und brachten ihre Rüttelkisten auf dem vorgesehenen Feld zu Boden, ohne dass ihre Räder brachen und sich der Rumpf in den Acker bohrte. Das Publikum kam diesmal zu seinem Genuss. Es konnte den Dufaux-Doppeldecker von Failloubaz beobachten, der das Flugbrevet Nr. 1 mit siebzehn Jahren erworben hatte. Daneben sah es den Blériot von Paul

Wyss, den Grade-Eindecker von Max Bucher und Taddeolis Morane-Eindecker. Die Aviatiker saßen im Freien auf einem Sesselchen, und die Radspeichen glänzten in der Sonne. In ihren enganliegenden Lederkappen und den runden Fliegerbrillen glichen sie Insekten. Nach der Vorführung zeigten sich die Aviatiker der jubelnden, klatschenden Menge.

Leny warf Rosen. Sie hat sich augenblicklich in einen Piloten verliebt. Sie wollte diesen Piloten mit Haut und Haar.

Ich schwärme ganz verrückt für Frank Barra. Er ist so schön, so fein, so stolz, so … ich weiß eigentlich gar nicht wie … er gefällt mir ganz verrückt. Aber weil ich ihn nicht haben kann, so nehme ich mit Wyss vorlieb. Er ist auch fein.

Zurück im Clos du Matin kritzelte Leny in der Toilette eine Nachricht für Paul Wyss. Sie bewundere seine Kühnheit, *ach, wenn ich nur so schön schreiben könnte wie Cyrano de Bergerac.*

Sie suchte nach Worten für ein Gefühl, das den Piloten in der Luft bewegen muss. Das auch sie beim Mitfliegen erfassen würde. Leider halte sie sich in einem Pensionatskäfig auf. Er sei darüber weggeflogen. Sie bitte um seine Unterschrift.

Danach schrieb sie Oskar den längsten Brief ihres Lebens. Sie erzählte von den Flugapparaten. Wie sie durch die Luft schweben, über alles hinweg. Sie fliegen zu den Sternen. Auch sie sind Sterne, jeder Einzelne. Jemine, Oski! Sie beide in einem Flugapparat. Er, Leny und die Sterne. Die Aviatiker sind frei. Vögel in der Luft.

Die nächsten Einträge des Tagebuchs zeigen ihr Warten auf eine Antwort vom umschwärmten Piloten. Sie notiert Woche um Woche, dass sie noch keine Antwort vom *keibe Wyssli* habe. Er sei mit dem Flugzeug aus ihrem Radius verschwunden, einfach so. Freundin Tilla meine, er sei von Genf weggezügelt. Oder abgestürzt. Oder ins All hinausgeflogen. Er entfernt sich weiter und weiter. Wie alles, was man gern hat.

Mutter, Vater, die Brüder. Alle, die sie gern hat, schlagen sich Lenys Herz wie einen Schal um den Hals und verschwinden. Dann zieht Leny als nackter einzelner Stern eine endlose Zitterbahn.

Fräulein Sandoz schrieb, dass sich das traurige Mädchen nun endlich mit dem Aufenthalt im Pensionat abgefunden habe. «Leny hat ihre eigene Art, das Bedrückende zu verarbeiten. Sie ist phantasievoll und tut dies spielerisch, in Form eines Dramas. Wann es ihr gerade einfällt, während eines Spaziergangs zum Beispiel. Da spielt sie ‹die Zurückgelassene›. Bricht plötzlich aus dem Krokodil des Clos du Matin, macht eine Vierteldrehung zum Ufer und watet in den Genfersee hinaus, einfach so. Schwankt in Riemchenschuhen über die glitschigen Steine, ohne sich ein einziges Mal nach den Mädchen umzusehen. Tilla rennt händeringend am Ufer auf und ab. Dies ist ihr Part in dem Drama. Tilla muss ihr Hütchen schwenkend umherrennen und in ein furchtbares Gejammer ausbrechen, weil ihre Freundin sich vor ihren Augen aus Liebeskummer ertränkt. Weil sie, wie Tilla jammert, ihre Drohung wahrmacht. ‹Sie ertränkt sich.›

Natürlich werden Spaziergänger auf die Szene aufmerksam. Auch das gehört zum Drama: Leute aufregen, ein Publikum am Ufer in Bewegung versetzen. Mit Kopfsprung hechtet ein Beobachter ins Wasser und holt die vermeintliche Selbstmörderin ans Ufer. Dort redet er auf sie ein. Wie kostbar das Leben, von Gott gegeben, welche Wunder noch auf sie warten, dass ein Mensch nicht über Leben und Tod zu bestimmen hat, das steht ihm nicht zu. Er spricht so lange und so laut auf Leny ein, bis diese zu weinen beginnt, echte Tränen.»

Fräulein Sandoz musste dem Retter versprechen, besser auf das Mädchen aufzupassen. Sie hatte ja wohl oder übel in Julie Helenes Stück als Nebendarstellerin aufzutreten. Leny hatte ihr diese Rolle zugeteilt und inszeniert. Lausanne war ihre Bühne, ihr Thema waren Männer. Solche, die nicht schreiben. Solche, die sich in die Kanapeespalte drängen. Solche, die ihr Leben retten. Oder über die Pampa reiten.

Mir fällt ein, dass auch ich in ihrem Leben eine Rolle spielte, «Die teuflische Pariserin», und mein Sohn «Der ewige Bewunderer». Wir waren das unverzichtbare Zubehör. Pfeffer und Salz ihrer Inszenierung.

Ich blättere gern in Lenys Tagebuch. Es bringt mir Leny zurück. Ich betrachte die eingeklebten Tannennadeln vom Weihnachtsbaum im Clos du Matin. Sie hat zum ersten Mal Weihnachten ohne ihre Eltern gefeiert. Ich berühre die verwischten Spuren ihrer Tränen. Sie hat wirklich geweint. Sie hat Konfetti eingeklebt. Studenten haben sie ihr ins Haar geworfen. Die Zeugnisse der Huldigung waren ihr zu kostbar, um sie wegzuwerfen. Sie hat auch Blumen gepresst. Ich weiß nicht, warum sie sich danach gebückt und sie getrocknet hat, vielleicht war sie verliebt. In die Farben der Blume, in diesen Nachmittag, ins Spiel des Winds in ihrem Haar.

Sie hält kleine Erlebnisse fest, die Spaß in den Pensionatsalltag gebracht haben.

Ein Fotograf besuchte die Turnstunde. Tilla saß auf der Turnstange unter dem Laubsägevordach der Gartenlaube, ihrer sogenannten Turnhalle. Schis und Leny standen bei den Mädchen, die auf ihre Übung warteten. Sie trugen ihre beste Robe mit Halskette und Band im Haar. Extra für den Fotografen. Sie würden später die Werbebroschüre des Pensionats von Madame Piguet-Truan zieren.

Sie waren in der Stadt. Einer hat Leny angegafft, ihr aber sein Veilchensträußchen nicht gegeben. Freundin Schis fiel vom Dreirad. Sie machten einen Ausflug in die Schlucht. Trotz Regen. Trotz aufgeweichtem Boden.

Lotsch ist im Dreck stecken geblieben, fast bis zu den Knien, und verlor einen Schuh. Lore mit ihren hohen, sich nach unten verbreiternden Absätzen rutschte immer aus. Oh, es war zu köstlich.

Hilde, Beber u. ich waren auf der Balançoire, tout-à-coup un oiseau au-dessus de nous qui scheißt mitten auf den Arm von Hilde. Gelacht haben wir, jerum … Klatsch! hat die Hilde noch einen Vogelschiss auf dem Arm.

Leny fand im Garten des Clos du Matin den zweiten Ausgang. Das rückwärtige Zauntürchen stand immer offen.

Es ist offen. Offen!!!

Leny ging aus und ein. Sie schlenderte nachts zum Ausblick, wo man die Stadt in der Tiefe sehen kann. Sie sog die Luft in sich ein. Sie kehrte zurück.

Bei der Direktrice meldete sie einmal in der Woche einen dringenden Stadtbesuch an. Madame Piguet-Truan kommandierte eine Lehrerin zur Begleitung von Julie Helene ab. Einmal zum Zahnarzt. Einmal zur Modistin für Hutzubehör, Atlas mit Violettes de Parmes. Einmal in den Tuchladen, um Stoff für einen Mantel zu kaufen, es muss aber ein ‹Brun d'Irlande› sein, präzis dieses Braun. Da es diesen Farbton im Tuchladen nicht gab, musste ein zweiter Stadtbesuch angesagt werden. Leny wollte zur Blanchisseuse, zur Tailleuse, ins Schuhgeschäft. Sie brauchte Visitenkarten für ihre neue Adresse Clos du Matin. Sie benötigte schneeweiße Hasenfelle für Boa, Hut und Muff. Sie nahm die Einladung der neuen Braut eines Onkels an. Diese wohnte in der Nähe, Leny setzte sich natürlich sofort mit ihr in Verbindung. Sie wollte die Braut ihres glücklichen Onkels kennenlernen.

Leny knallte die Einladung der zukünftigen Tante auf den Tisch der Madame Piguet-Truan. Ein ganzer Sonntag *hors du Pensionat.* Begleitung brauche sie keine. Sie werde den Weg nach Nyon finden und erst nachts zurückkehren. Den Valentin finde sie im Schlaf.

Auch mir erlaubte sie einen Besuch in Lausanne. Ihrer Feindin, samt struppigem Sohn. Sie hätte es dem Teufel erlaubt, wenn er sie nur für einige Stunden aus dem Clos du Matin geholt hätte.

Sie ließ sich für diese Stadtgänge einen neuen Rock anfertigen. Einen mit Dekolleté. Dazu bestellte sie sich in Paris ein Corselet.

Von meinem Taschengeld, da hat Onkel nix zu sagen.

Sie beschreibt das extravagante Stück. Es reicht ihr gerade bis unter die Brüste, so dass diese sich kugeln, etwas frivol, aber trotzdem schön. Madame Piguet-Truan, dieses dumme Huhn, habe sofort ihr Taschentuch über den Ausschnitt gebreitet. In der Stadt hätte Leny es wieder weggenommen. Sie wünschte, dass Stavros sie mit dem neuen Rock bemerkt hätte, aber leider spielte er immer Eishockey. Im Tram saß sie auf der gleichen Bank wie Lipsch. Der habe geschaut! Als wollte er ihr das Dekolleté wegfressen.

Auch bei meinem Besuch wollte sie den Rock tragen. Sie nahm an, ich würde mich darüber entsetzen, die Pariserin gestatte sich eine solche Frivolität nur in Monte Carlo. Dort dürfe alles aus dem Mieder purzeln. Hier müssen die Frauen sich in einen Panzer quetschen.

Ich holte Leny im Pensionat ab. Mein Sohn war dabei. Er hatte sein Haar mit Speichel an die Schläfe geglättet und verschränkte beim Gehen die Hände im Rücken, wie Jakob früher. Ich war sehr stolz. Sie muss enttäuscht gewesen sein, dass ich mich nicht zum Ausschnitt äußerte. Wir gingen spazieren. Sie dirigierte uns aber nicht zu Sehenswürdigkeiten oder Ausblicken, sondern zu Plätzen, an denen sie Verehrer vermutete. Sie blieb vor Läden stehen, doch sie wollte uns nicht deren Auslagen zeigen, sondern im Spiegel des Schaufensters den Ausschnitt richten. Meinen Sohn, der sie überragte und sich mit ihr zusammen in diesem Fenster spiegelte, hat sie übersehen.

Es ist ihr gelungen, ihn aus ihrem Blickfeld zu verbannen. Sie machte sich für andere Männer zurecht.

Mein Sohn war unsichtbar. Es musste so sein.

Er litt. Auch das musste so sein.

10

Im Bellevue au Lac wird Fräulein Lenys Zimmer gründlich gereinigt. Weder Dr. Ernst Jucker noch Dr. Georg Bider sind gekommen, um die Habe der Verstorbenen in die Schrankkoffer zu packen. Das ist vom Personal erledigt worden.

Die Polizei wertete inzwischen am Tatort die Fakten aus. Die Waffe, die Leny benutzt hat, ist ein Trommelrevolver. Dies wird im Polizeibericht festgehalten. Damit kann dieser Fall abgeschlossen werden. Jucker muss erleichtert sein – Leny hat keine Offizierspistole benutzt. Es wäre möglich gewesen, seine Pistole an sich zu nehmen. Auch diejenige von Oskar oder Oberleutnant Rapp oder von sonst einem Offizier. Sie kannte ja viele. Die Offiziere haben im Bellevue au Lac verkehrt. Dort trifft sich die vornehme Welt zum Rendez-vous, einmal sitzt man mit Künstlern zusammen im Grand Café de la Terrasse, einmal speist man mit Politikern und Bankiers im Carlton oder vertreibt sich die Zeit im Grand Restaurant Bellevue.

Noch am Vorabend haben sie zusammen gespeist, jeder Offizier hing Gurt und Waffe über die Lehne des Stuhls. Man hat Weißen getrunken. Flasche um Flasche. Es ist hoch hergegangen. Keinem wäre aufgefallen, wenn Leny eine Pistole an sich genommen hätte. Höchstens der sturzbetrunkene Begleiter von Oskar Bider, der in der Morgenfrühe im Casino die elektrischen Glühlampen mit Schüssen gelöscht hat. Er hätte den Revolver vermisst.

Offensichtlich besaß Leny eine eigene Waffe. Im Gespräch mit dem Verlobten hätte sie einmal einen Schatten erwähnt, der sie verfolge. Es hefte sich ihr jemand an die Fersen. Sie muss auch mit ihrem Bruder darüber geredet haben. Der hat ihr vielleicht geraten, einen Revolver bei sich zu tragen, und ihr die Handhabung der Waffe erklärt.

«Könnte es sein, dass demnach dieser Schatten …?»

«Nein», meint die Polizei zu Jucker. «Selbsttötung steht fest.»

Die Waffe misst vom Knauf bis zur Mündung fünfzehn Zentimeter, Kaliber 8,1 Millimeter. Es handelt sich bei der Suizidwaffe um billige englische Massenware aus der Zeit um 1880. Ein in jenen Jahren beliebter Waffentyp zum Selbstschutz. Wegen des kurzen Laufs und der schwachen Schwarzpulvermunition musste die Mündung des Revolvers direkt aufs Ziel gesetzt werden.

Leny hat sich diese Waffe wohl während ihres Aufenthalts in England beschafft. Damals herrschte Krieg, selbst Passanten konnten aus einem Hinterhalt auf offener Straße erschossen werden. Frauen mussten sich schützen. Nach dem Krieg sah Leny keine Veranlassung, sich von dem Revolver zu trennen, der in eine Handtasche passt, wie all die anderen nützlichen und puppenhaften Kleinigkeiten, die sie immer mit sich trug, die Schildpattdose für Zigaretten, eine Schminktasche zum Pudern der Nase und Nachziehen der Lippen, ein ziseliertes Nähzeug, ein Schnupfdöschen. Mit diesen Utensilien war sie allezeit reisebereit. Oskar überrumpelte Leny oft mit plötzlichen Ausflügen. Er schickte ein Telegramm zum Bellevue au Lac, zehn Minuten später brauste er im Automobil vors Portal und hupte. Leny rannte die Treppe herunter, flugbereit in Lederjacke, Kappe und Fliegerbrille. Sie schwang sich auf den Beifahrersitz, und mit kreischenden Gummirädern sauste das Automobil mit den Geschwistern los.

Sie passte nicht ins Bild, das Juckers sich von einer zukünftigen Schwiegertochter machten. Eine Fliegerin. Eine Stummfilmschauspielerin. Eine Art Suffragette, die sich an eine Bindung lange herantasten muss. Selbst an eine so glänzende, wie ihr Sohn sie bot.

Sie passte auch nicht ganz in das Bild, das Madame Piguet-Truan sich von ihren Zöglingen machte. Ihre Töchter sollten kultiviert und wohlerzogen sein – Mädchen, die stundenlang verträumt am Fenster sitzend Gedichte rezitieren, sticken und Gebete sprechen. Mit eingraviertem Lächeln, in den Augen ein sanfter Schein, etwas bleich, weil sie die Sonne meiden. Mädchen, deren Wimpern flattern beim Gedanken an einen Mann, denen Schmetterlinge aus den Augen fliegen beim Anblick eines Mannes.

Leny hat das Stillsitzen verabscheut. Sie wollte ins Freie, sie wollte allein durch die Stadt streifen. Im Handarbeitsunterricht verabscheute sie das Stricken, Häkeln und Sticken. Es ging alles zu langsam vor sich, Masche um Masche, Stich um Stich, das brachte sie zur Verzweiflung. Am liebsten hantierte Leny mit einer Schere, versenkte sie ohne Hemmung in einen kostbaren Stoff und schnitt ihn in Stücke. Sie entwarf alle ihre Kleider selbst, auch Hüte fertigte sie an. Diese waren niemals ausladend oder schwellend oder üppig wie meine, keine Paradiesgärten, die mit Halswindungen ausbalanciert werden müssen. Lenys Kreationen waren Hütchen. Sie umschlossen den Kopf wie ein Helm aus Filz, Atlas und Bändern. Mit einer Schmucknadel steckte sie diese Hütchen ins Haar. Lenys Kappen bildeten einen Rahmen fürs Gesicht, und ein Rahmen soll nicht etwas Eigenes und Separates darstellen, sondern die Schönheit des Inhalts betonen, vor allem ein Paar mit Kohle umrandete Augen.

Denn das eigentliche Schmuckstück, das diese Lenyhüte rahmten, das waren die schimmernden Augen der Trägerin.

Die Augen von einem Kitz. Es konnte nicht ausbleiben, dass Passanten stehen blieben und dem Mädchen nachschauten. Dass man es fotografierte. Ein Mädchen des Clos du Matin.

Wie hat Leny sich gesehen? Es gab Momente, da sie sich nicht ausstehen konnte, und Augenblicke, da sie sich einigermaßen nett fand, passabel. Es gebe hübschere und verführerischere Mädchen, sie sei höchstens durchschnittlich, sie sei zu ernst. Sie lobte die Schönheit von Sarah Bernhardt, die sei ein Vamp. Leny wollte auch ein Vamp sein, aber sie war es nicht. Sie fand, sie würde selbst mit dem verwegensten Ausschnitt und bis zum Strumpfband entblößten Beinen niemals als Minuinette des Moulin Rouge durchgehen. Von Freundin Schis ließ Leny sich im Tagebuch bestätigen, dass sie gut aussehe.

Wer, wenn nicht du?

Es lag Leny daran, dass Schis dies in ihr Album schrieb, damit sie es immer wieder lesen konnte. Aber die Gewissheit fiel wie ein Kartenhaus zusammen, wenn sie jungen Männern begegnete, die ihren Blick nicht auf sie hefteten.

Sie haben nicht geschaut, wie sie es hätten tun sollen. Das kann mir alles verderben. Alles.

Sie möchte dem Tagebuch beichten können:

Er hat meine Wange gekitzelt: Comme c'est jolie, de te caresser ainsi.

Stattdessen ist zu notieren, dass man sie heute auf der Straße nicht angeschaut hat. Für Lausanne war sie Luft. Schis lügt. Am nächsten Tag aber schritt Leny wieder über den Grand Pont, als wäre sie sich in jeder Sekunde bewusst, dass irgendwo an einem versteckten Posten das Glasauge von einem Fotoapparat auf sie gerichtet war. Als würde sie in ihrem Innenohr dauernd das Klicken des Auslösers vernehmen.

Der Anstand verlangte, dass die Pensionatstöchter den Blick

abwendeten, wenn sie die Schüler des Knabenkollegiums kreuzten. Leny ärgerte sich über die Direktrice.

Das dumme Luder, das verrückte, vergeht fast vor Angst.

Leny schaute nicht zur Seite. Sie schaute ihren Verehrern ins Gesicht. Es gelang ihr, im Vorüberhuschen eine Visitenkarte in die Hand eines Burschen zu drücken, der mit seinen schwarzen Locken aussah wie ein griechischer Held und den die Mädchen Stavros nannten. Madame Piguet-Truan hatte keine Ahnung, wie die Mädchen die Namen der Burschen herausbekamen, denen sie auf dem Grand Pont begegneten. Sie fanden ja sogar die Adressen der Orchestermusiker und der Schauspieler heraus. Steckten die Töchter den Herren ihre Visitenkarte nach dem Konzert oder dem Theater zu? In einem unbeobachteten Moment, während sie ihnen beim Anziehen des Mantels behilflich waren?

Aus den verschiedensten Ecken trafen Briefe für Julie Helene Bider ein, Clos du Matin, Valentin 24. Briefe erhielt Leny ungeöffnet. Sie kannte bald jeden Satz auswendig. Wenn sie des Absenders überdrüssig wurde, verbrannte sie seine Briefe. Einmal entflammte bei dieser Gelegenheit der Papierkorb, sie musste ihn aus dem Fenster werfen, lodernd segelte er in eine Blumenrabatte.

Madame Piguet-Truan habe ein besonderes Auge auf dieses Mädchen, berichtete mir Fräulein Sandoz. «Wir haben mit ihr viel Kummer. Sie bricht aus dem geführten Spaziergang aus, flüchtet in einen Aufzug oder einen Hausgang und bleibt für Stunden unauffindbar. Der Grund? Julie Helene will alleine spazieren. Mit unschuldiger Miene kehrt sie zurück.»

Die Direktrice musste das kleinen Tor schließen und mit Hausarrest drohen.

Die kommt uns ja hübsch.

Doch Julie Helene finde, schreibt Fräulein Sandoz, immer eine Möglichkeit, um zu entwischen.

Etwas nachdenklicher oder ruhiger wurde das Mädchen, als es die Oper «Orphée» besuchte. Sie wollte wieder Schauspielerin werden.

Orphée war einfach prachtvoll, mehr kann ich nicht sagen! Der Wunsch in mir, Sch… zu werden, ist wieder erwacht, und ist so heiß, heiß. Oh, könnte ich doch nur!

Das Clos du Matin gab in jenem Jahr das Stück «Les precieuses ridicules». Sie spielte die Rolle von Mascarille –, sie war hervorragend, obwohl sie keine Männerrolle spielen wollte. Ihr Erfolg machte sie ausgeglichener. Zu dieser Zeit verfertigte sie auch einige Ölbilder. Dasjenige von einer liegenden Doppelrose fand viel Anerkennung. Sie hat sich nie von diesem Bild getrennt, es begleitete sie bis an ihr Ende.

Nach dem Theater behandelte Leny die Lehrkräfte nicht mehr wie ihre Gefängniswärterinnen. Auch die Natur hat sie mit anderen Augen betrachtet.

Prachtvolle Gegend hier! Feine Sujets für das Malen … Kühe, Schweine, Erdbeeren in Hülle und Fülle.

Sie sammelte Wildblumen, um sie zu pressen und in ihr Tagebuch zu kleben. Sie streute diese geschmackvoll zwischen die Einträge.

Dann kam der Sommer. Weil die Schülerinnen für die Zeit ihrer Ferien nach Hause fuhren, schloss das Pensionat. Julie Helene konnte nirgendwohin gehen. Die Verwandten wollten sie nicht, Bruder Oskar befand sich noch in Argentinien, und Georg war krank. Madame Piguet-Truan schickte das verwaiste Mädchen in die nahen Walliser Berge. Leny verbrachte dort einen Monat im «Le Grand Hotel» von Pierre-à-Voir. Sie spielte den ganzen Tag Tennis und tanzte und war offenbar eine überschäumende, überglückliche Leny. Sie berichtet dem Tagebuch von einem gewissen Jean, er sehe prächtig aus, habe Schneid und unvergessliche Augen. Niemals trage er einen Hut. Er habe ihr zwei Küsse gegeben.

Endlich kann Leny dem Schauspiel ihres Lebens applaudieren, ein aufregendes Stück. Endlich ein lohnender Eintrag ins Tagebuch.

Er in seinem feinen Kostüm. Teufel oder Mephisto?

Sie entnahm dem Medaillon das Bild von Stavros und vertauschte es mit dem von Jean. Zum Abschied schenkte Jean ihr zwei seiner Taschentücher. Sie überließ ihm eins von sich. Sie wollten sich in Lausanne wiedersehen. Die Rückreise zum Clos du Matin fiel Leny schwer. Zurück in den Käfig.

Also jetzt wäre man wieder hier in Lausanne, in diesem Brutkessel, scheußlich.

Wieder unter Aufsicht der Direktrice. Wieder Teil von einem Krokodil. Tilla zerschlug ihr Waschbecken aus Elend, Leny biss ins Taschentuch von Jean, um nicht zu weinen. Dann schnitt sie Simpelfransen. Dann machten die Mädchen sich über ihre Fresspakete her, stopften Wurst mit Brötchen und Mandelschäumchen in sich hinein, auch alle Drops aßen sie auf. Danach erbrachen sie sich auf den Korridor. Von der Direktrice wurden sie beim Schütteln des Aprikosenbaums entdeckt, die Schürze voll Aprikosen. Madame Piguet-Truan war entsetzt, Leny fand es lustig.

Sie zeichnet ihre Impression ins Tagebuch. Zuckergussfigur mit aufgesperrtem Mund, die Zahnprothesen verbunden mit glänzendem Speichelfaden.

Nach den Ferien wurden neue Mädchen ins Pensionat aufgenommen. Leny und Tilla gehörten jetzt zu den Erfahrenen. Sie waren auserwählt, das Krokodil anzuführen. Doch sie rannten den Hügel hinab und tauchten in der Stadt unter. Dort begegnete Leny dem Tennisspieler aus Pierre-à-Voir in Begleitung eines anderen Mädchens. Sie hat die Taschentuchtrophäe von Jean aus dem Mieder gezerrt, darauf gespien, den Rocksaum hochgeschlagen und sich mit dem Taschentuch die Schuhe geputzt. Ausgiebig das Leder blank gerieben. Mit gerümpfter Nase hielt sie seinen Liebesbeweis in zwei Fingern, wie etwas Ekliges, und ließ das Tuch in den Rinnstein flattern.

So weit Jean.

Danach saß sie in ihrem Zimmer vor dem Spiegel und schaute ihre Simpelfransen an. Mit dem umhäkelten Gummiball am Kristallflakon sprühte sie sich Kölnischwasser an. Sie gefiel sich nicht. Auch Jean hatte sie nicht gefallen. Man vergaß sie, man tauschte sie gegen andere aus. Sie spielte keine Rolle für einen Burschen wie Jean.

Währenddessen regnete es auch noch Bindfäden. Tropfen prasselten ans Fenster. Am Ende wollte sogar der Himmel Leny ersäufen. Vom Gang her eilte eine Elevin herbei und schlitterte ein Stück über den Boden zu ihrer Tür, wie auf einer Schmierseifenbahn. Tilla oder Hilde oder Schis. Leny wollte aber keinen Menschen sehen.

Es ist mir nun alles ganz und gar schnuppe. Ich pfeife auf alles!! Fini. Das Leben ist im Großen und Ganzen saublöd. Wenn ich nur sterben könnte. Aber wie? Und was wäre dann nachher. Was dann? Wäre es feige? Und doch, es braucht einen schrecklichen Mut dazu. Aber auch zum Weiterleben braucht es Mut, und dieser ist vielleicht noch größer und stärker, aber auch dieser Mut fehlt mir. Ja, ich lebe. Aber wie? Nein, das ist kein Leben, das ist ein Dahinschleichen, ein gleichgültiges Leben, ein energieloses Weiterschleichen, und was nützt dann ein solches Leben.

Seit diesem Nachmittag stand Leny auch auf Kriegsfuß mit Mademoiselle Irène. Madame Piguet-Truan musste das Mädchen ins Büro bitten, weil es so viele unverzichtbare, äußerst dringende Stadtgänge verlangte, dass schon in den ersten Tagen das Taschengeld des ganzen Monats verbraucht war. Außerdem hatten sich die Lehrkräfte beschwert. Leny sei undiszipliniert, mürrisch und rebellisch, beinahe aufsässig. Unvermittelt begegne man aber wieder einer übertrieben fröhlichen Leny, die zu Streichen aufgelegt ist. Heute so, morgen anders.

Im Büro der Direktrice hörte Leny sich die Vorwürfe und Verwarnungen an. Sie nahm zur Kenntnis, dass die Zuckergusskopie einer Direktrice das nächste Mal handelt, handeln muss. Das Betragen würde ans Elternhaus weitergeleitet. Leny guckte in die Luft. Sie hatte ja kein Elternhaus. Nur Onkel Alby. Und dieser sehnte sich nach ihrem wunderbaren Mund zum Küssen.

Es gab ein Kleeblatt von Freundinnen, das sich um Leny scharte. Schis und Hilda und Tilla. Leny dirigierte und beschenkte die Freundinnen mit Haarbändern, winzigem Nähzeug, Hutnadeln, Spitzenjabots, Bildern, selbstgestickten Servietten- oder Visitenkartentaschen, Fotorahmen und Kissen. Sie war einfallsreich und sehr großzügig. Auch sie wurde beschenkt. Immer gab es einen Geburtstag zu feiern und Gratulationskarten dafür zu malen.

Diese Anlässe waren von Getuschel und Geheimniskrämerei begleitet. Für Leny die Höhepunkte ihrer Pensionatszeit. Wenn aber ihre Freundinnen sich miteinander amüsierten, fühlte sie sich ausgeschlossen und war beleidigt. Fräulein Sandoz schrieb, sie hocke dann schweigsam mit hängenden Armen auf einem Stuhl und starre durch alle hindurch. «Ihre Umgebung ist Luft. Julie Helene klammert sich an Menschen, die sie mag. Sie verschlingt diese Menschen. Das Mädchen kann nicht teilen. Eh bien! Warum sollte ich mir darüber Gedanken machen? So ist es bei unseren Mädchen doch immer. Heute mischen sie Gift, morgen schmiegen sie sich in engster Vertrautheit aneinander. Streit und Versöhnung, immer hochdramatisch, von Schwüren begleitet. Sie versprechen, sich alle an einem bestimmten Tag in der Zukunft in Frankfurt am Main vor dem Kaiserkeller zu treffen. Das Datum tragen sie feierlich in ihr Tagebuch ein, lassen es gegenseitig unterschreiben, wie sie dies von den Vertragswerken in den Kontoren ihrer Väter her kennen. Kaum ist die Tinte getrocknet, reden sie einige Tage kein Wort mehr miteinander.»

Ich habe keine Ahnung, ob sich dieses Kleeblatt damals in Frankfurt getroffen hat. Am vereinbarten Datum befand sich Deutschland im Krieg.

Die Reife von Leny nach dem Genuss der Oper «Orphée» scheint nicht lange angehalten zu haben. Doch im Zeichenunterricht von Fräulein Sandoz zeigte sie sich ausgeglichen. Sie wirkte bei dieser Beschäftigung sogar glücklich. Mochte nirgendwo sonst sein auf der Welt als im Zeichnungszimmer von Clos du Matin. Im Öl-, Terpentin- und Nelkengeruch der Farben, beim Mischen, hantierend mit einem Pinsel.

«Sie verliert sich im Malen», berichtete Fräulein Sandoz. «Sie bewegt die Zunge im offenen Mund. Einige Schülerinnen ziehen einfach den schmierigen Pinsel kreuz und quer über die Fläche auf ihrer Staffelei, aber Leny sucht nach einem Inhalt, einem Punkt in ihrem Leben, an dem sie sich festhalten kann. Malen scheint so ein Punkt zu sein. Konzentriert füllt sie die Leinwand mit Formen, Farben und gibt dem Ganzen eine Perspektive.»

Julie Helene überlege jetzt gar, statt Schauspielerin lieber Malerin zu werden. Sie schwanke zwischen den beiden Berufen. «Sie gehört zu den wenigen Schülerinnen, die einem Bild oder einem Gedicht oder einer Theaterrolle Leben einhauchen können. Sie leuchtet von innen heraus, als statte sie einen Ort aus, der ihr allein gehört. Sie will niemand anderes sein als eine Malende oder eine Darstellerin. In diesen Rollen geht sie auf. Nur mit ihrer eigenen Rolle als Julie Helene Bider ist sie nicht zufrieden. Obwohl das Mädchen sein Bestes gibt, hat es immer den Eindruck, es werde von niemandem auf dieser Welt gemocht. Es braucht pausenlose Bestätigung.» Doch die Arbeit mit Julie Helene gebe Fräulein Sandoz alles tausendfach zurück. «Sie ist die Elevin, von der eine Lehrerin träumt. In ihr findet sie die Bestätigung, dass ihr Unterricht nicht ganz umsonst ist und die Mühe jahraus, jahrein sich lohnt. Man sieht Rosen unter ihrem Pinsel erblühen, und das macht alles wett, ein ganzes langes Lehrerinnenleben.»

Ob ich sie verstehe, fragte mich Fräulein Sandoz.

«Ich verstehe», schrieb ich zurück.

Jakob wünschte immer, dass ich seine Prinzessin verstehe. Ich dachte, er meint, ich sollte über ihre etwas hochnäsige Art hinwegsehen, für ihre Marotten Verständnis zeigen. Ich erachtete es als meine Pflicht, seiner Tochter Zuneigung entgegenzubringen. So wie ich von Jakob erwartete, dass er auch meinem Sohn so etwas wie Zuneigung zeigte.

Ich habe Leny nie zeichnen gesehen. Sie spielte die Rolle der Tochter des Hauses, ich fand, sie spiele sich auf. Ich hätte genauer hinschauen sollen, bemerken, wie talentiert sie ist. Sie musste nicht üben. Sie spielte die widerspenstige, unausstehliche Tochter sozusagen ab Blatt. Ich war blind. Anders als Fräulein Sandoz. Diese Lehrerin hat begriffen, dass Leny nach dem Tod ihres Vaters einen Halt suchte. Ich konnte ihr niemals dieser Halt sein. Ich war die Pariserin ihres Vaters, ihre Feindin. Jenseits jeder Verständigung.

Oskar konnte ein Halt sein.

Er übernahm die Gewohnheiten des verstorbenen Vaters. Er war sich dessen nicht bewusst, setzte einfach fort, was der Vater immer tat. Besserte Lenys Taschengeld auf, ging auf ihr Geschmeichel ein, machte großzügige Geschenke, bot ihr die Begleitung, um die andere Leny beneideten. Später fuhr er sie im Automobil umher. Vor allem verhalf er ihr zum Fliegen.

Auf eine zauberhafte Weise erschloss Oskar ihr den Himmel.

Ich habe das meinem Sohn erklärt. Mit ihrem Bruder kann Leny abheben, er verleiht ihr Flügel. Uns gelingt das nicht. Wir können das nicht.

«Ich kann», hat mein Sohn geantwortet.

Nie habe ich ihn so entschlossen gesehen. Er hatte Stahl im Blick. Er war bereit, alles für Leny zu wagen. Nur ein Wink von ihr. Und er versetzt Berge.

Mit dem Tod von Oskar ist etwas wie ein Druck von mir gewichen. Als sei mein Schnürmieder aufgeplatzt. Ich bin selbst darüber erschrocken. Nach dem Lesen der Meldung habe ich die Zeitung gefaltet. Oskar hat mir nie nahegestanden, ich kannte ihn kaum, so wenig wie Georg, den Ältesten. Zu Leny hingegen bestand immer ein Kontakt. Wir haben einander geschrieben, Grüße durch Verwandte übermittelt, uns ab und zu getroffen. Mit den Jahren hätte ich Leny wohl aus den Augen verloren, doch sie war inzwischen ein Teil von meinem Sohn. Es war mir unmöglich, dieses Mädchen aus den Augen zu verlieren.

Natürlich musste Leny über den Tod ihres Bruders im Tiefsten getroffen sein. Niedergeschmettert. Betäubt. Wie ich es war, als ihr Vater starb. Eine Hülle ohne Inhalt, ein Kopf ohne Verstand. Unfähig, die eigenen Schritte zu lenken, nur noch funktionierend. Eine in Gang gehaltene Maschine. Sicher hatte Leny noch das Lachen von Oskar am Vorabend im Ohr. Seine sich vor Begeisterung überschlagende Stimme wegen ihrer gemeinsamen Pläne. Die Geschwister wollten ja durchstarten, sie standen vor einem Neubeginn.

Mein Sohn und ich sind vom Kiosk zum Bellevue geeilt. An der Loge teilte der Portier uns mit, dass Fräulein Leny in der Frühe mit ihrem Verlobten an der Unfallstelle gewesen sei, nach der Rückkehr habe sie ihren Verlobten fortgeschickt. «Sie ist in ihrem Zimmer. Sie will allein sein.»

Mein Sohn und ich sind der Limmat entlangspaziert. Wir waren aufgewühlt. Ein wenig zittrig und aufgeregt, weil etwas Neues begann. Wir haben eine Weile dem An- und Ablegen der Boote zugeschaut, dem Geschaukel der Möwen auf den Wellen. Viele Spaziergänger waren an dem Nachmittag unterwegs. Ihre energische Art, den Stock durch die Luft fahren zu lassen, als wollten sie die Welt durchwandern, brachte uns zum Lachen. Sie erinnerten uns an Störche. Und auch an den Verlobten von Leny.

«Bald braucht Leny eine Schulter», habe ich gesagt. «Dann bist du da.»

Aber er war nicht da im entscheidenden Augenblick. Der Revolver war da. Griffbereit in ihrer Tasche.

11

Es erscheint keine Todesanzeige für Leny. Ihr Bräutigam hätte den Druck veranlassen müssen, oder die Onkel, die Tanten, eine der Cousinen. Doch niemand hat etwas unternommen. Wie hätten sie den Text formulieren sollen? Das traurige Ereignis kundmachen sollen? Eine solche Art von Tod. Lenys Versagen.

Am Morgen nach ihrem Tod erscheint unter «Vermischtes» eine Meldung zum Abschied von der Schauspielerin. Ein Kleinst-Nachruf. *In Basel war Leny Bider einem weitern Publikum keine Unbekannte. Sie war die Hauptdarstellerin des seinerzeit hier aufgeführten ersten Schweizerfilms «Der Bergführer». Ebenso interpretierte sie eine der Hauptrollen in dem ebenfalls hier gezeigten Militärfilm «Frühlingsmanöver», freilich unter anderm Namen. Ihre Bescheidenheit ließ ihr nicht zu, durch die Lorbeeren ihres Bruders vorwärtszukommen, sie wollte sich als Unbekannte emporarbeiten. Nun hat uns der Tod dieses reiche, zu großen Hoffnungen berechtigte Talent geraubt. Alle, die Leny Bider, dieses offene, echte Schweizermädchen gekannt, werden ihr ein ehrendes Andenken bewahren.*

Sie sei schon gestern gestorben. Acht Stunden nach dem Tod ihres Bruders, des berühmten Aviatikers.

Gemäß der ersten Meldung ist sie an einem Herzschlag gestorben. Gemäß der zweiten Meldung war sie so niedergeschmettert, dass sie den Verlust nur wenige Stunden zu überleben vermochte.

Jetzt steht Selbsttötung fest.

Die Nachricht verbreitet sich rasch. Am Vormittag an der Bahre des Bruders, bleich und starr wie eine Statue. Am Nachmittag tot. Es klingt absurd. Eine Bider! Die Schwester eines Helden! Jagt sich eine Kugel in den Kopf. Aus welchem Grund? Sie war ja als künftige Diva gehandelt worden, deren skandalöser Filmkuss jetzt Filmgeschichte schreibt. Um die Harold gab es Skandale. Welche Geschichte steckt dahinter?

Die Presse schickt Reporter zum Hotel Bellevue au Lac. Die Leser haben ein Recht zu erfahren, was hinter den Nobelfassaden geschieht. Welche Dramen sich in den Plüschpolstern abspielen. Sie dinieren mit dem Revolver in der Handtasche, küssen einander auf die rechte, dann auf die linke Wange, einen Finger am Abzug. Eleganz, Leidenschaft und Tod. Chicago in Zürich. Was für ein Stoff! Und das in der Sommerflaute!

Der Portier gibt Auskunft. Der Verlobte Dr. Ernst Jucker war es, der die Nachricht vom Absturz des Bruders überbrachte. Es traf Fräulein Leny, obwohl sie damit hätte rechnen müssen. Ein Unglück war immer möglich. Doch jetzt, als es geschah, traf es sie wie ein Blitz. Man kann sich nicht auf den Schrecken vorbereiten. So etwas gibt es nicht.

«Eines Tages wird der Flugapparat ihn im Stich lassen», hat

das Fräulein Leny oft gesagt. «Oski stürzt ab. Das überlebe ich nicht.»

Ja, das hat Fräulein Leny gesagt. Jedes einzelne Wort betont. Jedem Wort nachgehorcht, als könne sie die Gefahr bannen.

Sie muss von der ersten Minute an gewusst haben, was nun zu geschehen hat. Der Kummer ist zu groß, unerträglich. Sie hält ihn nicht aus, keinen einzigen Tag lang. Sie schießt sich diesen Kummer weg. Sie hat ein Kleid aus Georgette angezogen und ist mit dem Verlobten zum Flugfeld gefahren. Ein Reporter erinnert sich, dass die Schwester von Bider dort gegen neun Uhr mit onduliertem Bubikopf und eleganter schwarzer Robe auftauchte. Eine Erscheinung. In einem Augenblick, da jede andere zusammenbricht, wählt sie mit Bedacht die Garderobe. Es erwartete sie ja dort eine Meute von Berichterstattern und Fotografen. Sie ließ sich von ihrem Verlobten stützen. Ein Bild der Trauer. Aber man sehe halt einem anderen Menschen nicht hinter die Stirn, meint der Reporter.

Ihr blieben noch wenige Stunden, um sich auf ihren Tod vorzubereiten. Sie ließ sich zum Bellevue zurückfahren. Einige Dinge waren zu erledigen. Sie wollte ein paar Zeilen schreiben und auch das Danach planen. Dass es eine Verschmutzung gibt. Dass Papiere benötigt werden. Dass die Tür unverschlossen sein soll, damit Ernst sie rechtzeitig findet und die Grablegung zusammen mit Oskar veranlasst. Vor allem musste sie bedenken, dass dieser Revolver aus England unzuverlässig ist. Der Lauf im Mund war die sicherste Methode.

Nicht einmal ihr Verlobter wusste, dass Leny einen Revolver besaß. Die schwierige, rehäugige Leny. Nur ihr Bruder wusste es, er kannte alle Geheimnisse seiner Schwester. Er wusste auch, dass sich ihr oft ein Mann an die Fersen heftet. Der Sohn der Pariserin. Er folgt ihr überallhin. Und eines Tages dreht er durch, der arme Hund. Oskar war einverstanden, dass Leny die Waffe immer in der Handtasche trägt. Er fand, das gebe eine gewisse Sicherheit. Sie benötige Schutz, seine begehrte Schwester.

Zweifellos sprachen die Geschwister über die Wirkung, die von diesem Revolver zu erwarten ist. Von Ferne verfehlt die Kugel ihr Ziel. Man muss die Mündung auflegen und schießen, bevor einem die Waffe aus der Hand geschlagen wird. Dieser Revolver ist eher ein Spielzeug.

Vermutlich gestand ihm Leny, dass sie sich nicht vor dem Sohn der Pariserin fürchtet. Er bedeutet keine Gefahr. Er mag sie. Er würde alles für sie tun. Was sie verlangt. Er gäbe für sie sein Leben. Sie ängstigt sich wegen Oskar. Das ist ihre Angst, die sie würgt. Deswegen braucht sie den Revolver. Er kann jederzeit abstürzen. Er wird abstürzen. Vielleicht schon morgen. Vielleicht in zehn Jahren. Dieser Gedanke ist unerträglich.

Oskar lachte. Wie über einen Witz. Das sagt sie so dahin, die Leny. Sie wird immer gleich dramatisch.

Es wird bekannt, dass die Verstorbene den Bruder in seinem Wunsch zu fliegen, immer bestärkt hat, während die Verwandtschaft von «dieser Seiltänzerei» abriet. Allerdings hatte schon sein dem Fortschritt zugewandter Vater in ihm ein Interesse am Problem geweckt: Fliegen, schwerer als die Luft. Daher faszinierten ihn Flugmaschinen, die sich durch dynamischen Auftrieb in die Luft heben.

In Argentinien fand Oskar keine Gelegenheit, einen Flugapparat zu sehen. Er machte dort seinen Traum vom endlosen Reiten wahr. Zwischendurch schrieb er Leny. Seine Briefe weckten in ihr Fernweh. Sie war begeistert von seiner Schilderung der endlosen Graslandschaft, wo seine Herde weidet und es nur Oskar auf seinem Pferd gibt. Manchmal verdunkelt ein Heuschreckenschwarm die Sicht, manchmal jagen Strauße über die Ebene. Wie ein Tuch spannt sich der Himmel über die Pampa und berührt am Horizont den Boden. Er wechselt ständig die Farbe. Im elterlichen Geschäft wurden ähnlich changierende Stoffe verkauft. Dem Vater hätte dieser Anblick sicher gefallen. Er hätte seine Zwirner zum Drehen eines schillernden Fadens ermuntert, damit man daraus ein Tuch weben kann, das dem Himmel über der Pampa gleicht. Während die Mutter betend auf die Knie gesunken wäre.

Oskar schrieb an seine Schwester, er müsse oft an Vater und Mutter in ihrem Stoffladen denken. Auch an Leny. Er nannte sie ein «kleines unbändiges Fohlen».

Er habe in der Pampa viel Ruhe, viel Zeit und würde gern mit seiner Schwester unter diesem Tuch dahinreiten. «Es gibt so viel Raum, kleines unbändiges Fohlen. So viel Platz für unsere noch kaum begonnene Geschichte.»

Die Erwähnung der verstorbenen Eltern machte Leny traurig.

Wegen der Symphonie habe ich ein wenig geweint. Warum? Weiß nicht. Nachher hab ich wieder gelacht.

Wenn Oski nur käme.

Sie schilderte ihm das Flugmeeting im Welschland so begeistert, dass es ihm von da an nicht mehr aus dem Kopf ging. Es muss ein gewaltiges Gefühl für den Fliegenden sein! Noch schöner, als durch die Pampa zu reiten. Es muss alles in den Schatten stellen, das er und Leny kennen.

Hin und wieder vernahm er das ferne Brummen eines Flugzeugs. Als risse das Tuch über ihm auf. «Diesen Klapperkisten gelingt es doch tatsächlich, den Himmel anzuritzen. Nicht nur am Genfersee gibt es Piloten. Auch in Argentinien heben sich Menschen in die Luft. Auf allen Kontinenten heben sie jetzt vom Boden ab. Männer und Frauen. Die Eroberung des Himmels hat begonnen.»

In Argentinien begann Oskar Bider sich auf seinen langen

Ritten mit dem Fliegen zu befassen. Der Gaucho Oskar war tief beeindruckt, dass der Franzose Blériot seine Flugmaschine bändigte wie einen störrischen Bullen. Der Flug über den Ärmelkanal war eine Sensation, die bis nach Argentinien drang. Auch die Überwindung der Alpen durch den Peruaner Geo Chavez. Er stürzte allerdings bei der Zwischenlandung ab. Oskar fragte sich, warum der Pilot den Überflug der Alpen nicht überlebt hatte? Da Blériot der Überflug des Ärmelkanals gelang, musste doch auch ein Alpenflug gelingen.

Oskar entschloss sich zur Heimkehr. Er wollte bei Blériot in Pau, Südfrankreich, fliegen lernen. Schon aus Südamerika schrieb er dem Bruder Georg, er wolle seinen Traum wahrmachen. Er erhielt aber keine Antwort. Auch Leny verriet er, *dass ich im Sinne habe, die Fliegerschule durchzumachen.*

Die Rückkehr von Oskar aus Argentinien war für Leny ein Fest wie Weihnachten, Ostern und Geburtstag zusammen.

Oski kommt in acht Tagen schon zurück. Aber dann muss er mich besuchen. Ich will, dass er kommt.

Sie konnte es kaum erwarten, mit ihm über den Grand Pont zu schlendern, um Stavros eifersüchtig zu machen. Sie wollte *poussieren. Vielleicht rüttelt das ihn auf.*

Bei seiner Ankunft war sie eine überschäumende Leny, wie Oskar sie von früher her kannte. Kaum war Oskar abgereist, gab es im Clos du Matin Schwierigkeiten.

Donnerstagabend: *Versammlung im Salle d'étude. Madame fragt, ob wir nach St. Katherine wollen. Natürlich großes Hallo. Ich eine solche Freude! Aber kaum wollte ich hinaus, sagt das Biest: Mit jungen Herren dürfen Sie nicht tanzen. Alles war verdorben – alles. Stavros wollte mich engagieren. Aber es ging ja leider nicht. Donnerwetter! Ich brachte es fast nicht übers Herz, nein zu sagen. Ich geh nie mehr auf die St. Katherine, nie nie, fini!*

Freitag: *Wie wir die Straße herunterkamen, spazierte die ganze*

Bande der Zofingia hinauf. Ich habe Stavros beim Vorbeigehen gestreift. Soll ich doch wieder auf St. Katherine gehen? Ich werde sehen.

Samstag: *Stavros hat auch diese Woche nicht geschrieben. Oder Madame hat den Brief abgefangen. Es ist nicht möglich, dass Stavros mir nicht geschrieben hat. Ich bin schon fast verzweifelt.*

Sonntag: *Ich weiß gewiss, dass Madame Piguet-Truan Briefe abfängt. Sie hat diejenigen von Stavros unterschlagen, ein so freches Mensch ist sie.*

Wenn ich die Alte doch erwürgen dürfte.

Samstag: *Nicht viel Besonderes passiert. Ich hab keinen Appetit mehr, esse fast nix mehr. Nachmittags waren wir à Lavaplain (Affen und sonst alle Tiere gefüttert.) Jenny hatte Geburtstag. Beim Tee sagte mir die Alte (verfluchtes Luder, das!) «Vous avez une mine de désespoir!» … Die andern waren in der Stadt u. Himmel! haben meinen lb. lb. lb. lb. Schatz gesehen.*

Die Direktion informierte Onkel Albert, dass Leny um Briefe bettle, die es nie gegeben hat. Sie isst nicht. Spricht nicht. Schaut durch alle hindurch. Onkel Albert informierte Oskar. Das Clos du Matin möchte sich von Leny trennen. «Was machen wir mit ihr?» Zur Verwandtschaft kann sie nicht.

Oskar fuhr mit dem Automobil nach Lausanne. Am Mittwoch, den 10. April 1912 führte Madame Piguet-Truan ihn in den Salon.

Ich ging in den Salon u. gab ihm ein paar Küsse. Er saß aber da mit einer Miene, fast wie ein Richter des dernier jugements! Und da sagte er mir halt: Morgen kommst du mit mir heim; u. erklärte mir alles, wie sie so schrecklich Angst um mich gehabt hätten u.s.w. Da ja ich musste lachen ab allem. Nachher kam ich in die salle d'étude u. erzählte alles. Niemand wollte es mir glauben, u. ich selbst auch nicht.

Leny musste ihren Reisekorb packen. Der Abschied von ihren Freundinnen fiel ihr schwer. Sie bedauerte jetzt doch, diesen Ort verlassen zu müssen. Die Stille des Studiensaals, wenn alle am Tagebuch schrieben und nur das Kratzen der Federn zu hören war. Das Getuschel der Mädchen. Die Promenaden über den Grand Pont. Der Blick vom Valentin auf die Lichter der Stadt. Die Gelächter der Nacht. Eigentlich war es eine gute Zeit.

Ihre Zukunft war ungewiss. Oskar brachte Leny zum Schloss Rallingen am Thunersee. Dort gab es eine Haushaltungsschule. Dort, so glaubte die Verwandtschaft, sei das schwierige Mädchen bis zur Volljährigkeit gut und sicher aufgehoben. Dort werde es häuslich, ruhig, anständig, sparsam und bescheiden.

Leny muss den Traum von der Schauspielschule verschieben. Wie schon so oft.

Sonnenfinsternis.

In der Küche Blech- und Milchgeschirr abwaschen, Herd auskratzen. Lampenputz, Bettenmachen. So ist es jeden Tag. Nichts ändert. Nichts wird sich jemals ändern. Die Haushaltungsschule muss ich wohl oder übel durchschanzen. Aber nachher, da will ich nach München. Ich will an die Akademie. Das wird ein lustiges Leben.

12

Oskar reiste nach Pau. Am 8. November 1912 begann er die Fliegerschule. Nur wenige konnten sich diese Ausbildung bei Blériot leisten. Einige dieser wenigen besaßen genug Kapital, um sich nach dem Abschluss einen Apparat zu kaufen.

Seine Verwandten versuchten vergeblich, Oskar von seinem Vorhaben abzubringen. «Eine Fliegerschule! Was für eine Idee! Ein Jüngelchen, das seiner Lebtag noch nie ein Flugzeug in der Luft gesehen hat. Nur Vögel können fliegen.»

Die Bekannten und Verwandten in Langenbruck machen sich keine Illusionen. Diese Flugmaschinen sind gefährlich. Es kommt immer wieder vor, dass sich irgendein geltungssüchtiger Abenteurer in solch eine Maschine setzt, einen Sprung in die Luft macht und kopfüber in den Acker stürzt. Puff! geht der Zauber in Flammen auf.

Aber Oskar ist nicht aufzuhalten. Ein Bider. Die Bider sind wie Lokomotiven – einmal in Fahrt, sind sie nicht zu bremsen. Er will die Alpen überqueren, er will den Tod von Geo Chavez mit seinem Sieg rächen. Man begreift den Burschen nicht.

Alle redeten auf ihn ein, alle warnten. Er solle doch Vernunft annehmen! Er soll das kurze Vergnügen von Geo Chavez bedenken. Oder das des Wettinger Sternenwirts, Hans Schmid, der seinen Sommer-Doppeldecker nach wenigen Schauflügen vor den Augen der Zuschauer in den Boden rammte. Bekannte und Verwandte appellierten an Oskars Klugheit. Charles Brown von Brown, Boveri & Cie. in Baden zum Beispiel hat Segelapparate gefördert, sich aber vernünftigerweise nie hineingesetzt, sondern seinen Gleiter von einem anderen fliegen lassen.

Oskar bleibt ruhig. Er lächelt. Er behauptet, selbst Frauen würden fliegen. Seine Bekannten und Verwandten wissen, dass die Gebrüder Wright keine weiblichen Flugschüler aufnehmen. Doch Oskar weiß es besser. Frauen fliegen. Eine Hélène Dutrieu hat sich, wie er behauptet, das Fliegen selbst beigebracht, sich dann in Belgien weitergebildet, den Pokal des italienischen Königs beim Wettfliegen geholt, einen Streckenweltrekord für Frauen aufgestellt und den Coupe Femina gewonnen. In Langenbruck erinnert man sich nur an eine Hélène Dutrieu mit einer Zirkusnummer auf dem Velociped unter dem Titel «Der menschliche Pfeil».

Oskar habe das Bild einer Pilotin hervorgekramt. Er muss es schon in der Pampa mit sich herumgetragen haben, so abgenutzt sah es aus. Auf dem Foto war eine Frau, die sich lachend im Gestänge ihres Blériot-Eindeckers festklammert. Harriet Quimby ihr Name. Diese Pilotin habe ihren Flugschein in den USA bestanden, sie wagte als erste Frau einen Nachtflug. Harriet Quimby prophezeie große Passagierflugzeuge und regelmäßige Linienflüge.

«Eines Tages werdet ihr alle fliegen!»

Die Langenbrucker haben Oskar den Lappen zurückgegeben. «Deine schöne Harriet ist verrückt. Eher verfinstert sich die Sonne über unserem Luftkurort, als dass ein Langenbrucker sich in eine Klapperkiste setzt.»

Von Leny wurde Oskar mit Briefen unterstützt. Sie besuchte Flugschauen in der Schweiz. Mit einem Strauß Rosen zwängte sie sich jeweils durch die Menge der Schaulustigen zum Piloten, berührte seinen Apparat, schaute in die Kiste hinein und prägte sich die Technik ein.

Es lauerten dort immer Fotografen. So verharrte sie einen Augenblick in ihrer Pose am Rumpf des Flugzeugs, als hänge sie einem Gedanken nach. Und später tauchte dann ein Bild von Leny in der Zeitung auf. Flugschau dort und dort, Leny vor dem Apparat. Jung und fotogen. Aufmachung à la Parisienne mit Hütchen, Haarband oder Strickkappe schräg auf einem Ohr.

Die Fliegerschule von Pau absolvierte Oskar mit einigen anderen Schülern im November 1912. Die Übungen waren auf die Stunde vor Sonnenaufgang und die Stunde nach Sonnenuntergang angesetzt, da es dann keine Wärmeströmungen gab. Bei Wind wurde nicht geübt. Wenn der Zigarettenrauch des Fluglehrers wegwehte, war es zu stürmisch.

Oskar hatte noch nie einen Flugapparat aus der Nähe gesehen. Die anderen waren schon etwas vertraut mit Flugmaschinen und der Technik des Fliegens. Oskar fuhr mit seinen schweren Händen über den Rumpf und tätschelte ihn wie die Flanke eines Bullen.

Gelächter brach aus. Der Ausbilder ließ den Bauern sich am Ende der Gruppe einreihen, damit er die anderen Schüler bei ihren Rollversuchen im Pinguin-Fluggerät beobachten und etwas lernen konnte. Nur wenigen gelang ein kleiner Sprung. Als Letzter war Oskar an der Reihe. Er machte seinen Versuch im Pinguin, schon der erste Geradeaussprung ein Erfolg. Am dritten Tag schwang er sich in die Blériot, legte seine Bauernpranken an den Steuerknüppel und hob die Schnauze des Apparats sofort in die Luft. Sein Ausbilder staunte in den Himmel hinauf, wo der Bursche Bögen zeichnete, sich zur Seite neigte, in einer Schlaufe zurückkehrte und nach diesem Flug von sechs Kilometer Distanz sauber landete.

Der Bauernlümmel war ein Naturtalent. Selbst sein Ausbilder war überrumpelt. Die besten Flugschüler benötigten immer vierzehn Tage, um dasselbe Flugmanöver zu beherrschen. Er hatte noch nie einen Schüler wie diesen gehabt. Er flog wie ein Jungvogel, der sich gerade aus dem Nest in die Luft geworfen hat.

Am 3. Dezember 1912 erfüllte Oskar Bider die Bedingungen für das internationale Fliegerpatent 1194. Danach übte er für das Militärbrevet, welches Flüge von hundertfünfzig Kilometern ohne Zwischenlandungen voraussetzte. Er erhielt auch das Schweizerische Flugbrevet mit der Nummer 32.

Oskar Bider war jetzt einundzwanzig Jahre alt. Pilot. Bereit, Geschichte zu schreiben. Er bestellte sofort eine Blériot, einen Zweisitzer mit siebzig Pferdestärken-Gnome-Motor zum Preis von sechsundzwanzigtausend Schweizerfranken. Die Maschine wurde innert einer Woche von Paris nach Pau überführt. Es war der beste Flugapparat, den dieses Werk zurzeit herstellte. Der Apparat konnte bis zu hundertfünfzehn Kilometer pro Stunde fliegen. Ein unvorstellbares Tempo. Bider wollte damit die Pyrenäen überfliegen. Noch nie hatte einer gewagt, diese Gebirgskette zu überwinden.

Ein Verrückter, hieß es in Pau.

Solche Vorhaben müssen geheim bleiben, damit kein anderer der Ausführung zuvorkommt. Die Welt muss mit einem Sieg überrascht werden. Doch dieser treuherzige Gaucho stellt sich in Pau vor die mächtige Bergsilhouette und sagt: «Ich fliege da drüber.»

Das ist unmöglich! Man sagt es ihm. Der sichere Tod. Ein Flugapparat ist kein Melkschemel, den man sich unter den Hintern klemmt, um dann tief Luft zu holen und in ungefährer Richtung Madrid loszuziehen, um dort als Besieger der Pyrenäen aufzukreuzen. Erfahrene Piloten raten vom Flug ab, Bider soll nicht einmal daran denken. Die Temperaturschwankungen hält keine Maschine aus, die Tankgröße ist zu klein für eine so lange Strecke. Um Messfehler zu korrigieren, muss er das «Franzen», also die grobe Koppelnavigation mit Flugkarte, Daumen, Uhr und Kompass beherrschen. Es gibt keinerlei Erfahrungen, und es ist zu bezweifeln, dass ein Mensch längere Zeit in dieser eisigen Kälte durchhält. Die Luftströmung presst den Atem ab, der Motor speit Öl, der Fahrtwind zerstört die aus Glimmer gefertigte Windschutzscheibe, und es prasseln siedend heiße Tropfen ins Gesicht. Er könnte auch vom Sonnenlicht in der dünnen Luft erblinden, und dann: Gute Nacht!

Es sei schrecklich gewesen, waren Chavez' letzte Worte. Ganz schrecklich.

Blériots Flug über den Ärmelkanal war etwas anderes. Der hatte Erfahrung, kannte jede Schraube seiner Maschine, jede Verstrebung, jede mögliche Bruchstelle. Nicht aber Bider, der Verrückte aus der Schweiz.

Blériot war anderer Meinung. «Zeig es ihnen!»

13

Kaum ist die erste kurze Notiz über den Tod der Schauspielerin Leny Harold erschienen, herrscht Hochbetrieb im Bellevue au Lac. Menschen eilen umher. Jeder Tisch in den Restaurants ist besetzt, die Halle überfüllt. Mit Schreibpapier und Fotoapparat in den Händen kreuzen sich die Reporter, die sich am Tag zuvor schon im Hangar von Dübendorf begegnet sind. Manche stellen sich zu Passanten, die vor dem Hotel das Fenster suchen, hinter dem das Unfassbare geschehen ist. Manche mischen sich in der Halle unter die Plaudernden und machen Notizen. Einige zerren rennende Kellner am Frack und stellen Fragen.

Jeder weiß etwas, glaubt etwas zu wissen. Die Kellner, die Küchen- und die Zimmermädchen, die Verkäuferinnen und die Kundschaft des Grand Café Odeon auf der anderen Straßenseite. Und natürlich die Dauergäste des Bellevue. Die Verstorbene hatte ja vor allem Kontakte zu Künstlern, auch mit der Jeunesse dorée von Zürich, die sich hier versammelt, hatte sie verkehrt. Einige waren Kundinnen von «Lenys Modeatelier», viele kannten die elegante Filmschauspielerin persönlich.

«Unvorstellbar. Man sah diese Frau ständig vor den Spiegeln. Immer malte sie, tuschte sie, zupfte das Haar zurecht. Sie gab sich so viel Mühe mit ihrem Gesicht. Und soll es zu Brei zerschossen haben? Unglaublich! Sie war doch so kokett.»

Mein Sohn ist hinausgestürzt. Nichts kann sein vollkommenes Bild von Leny beschädigen. Nichts, was andere sagen, schreiben, von ihr halten. Sie bleibt das Ziel einer berauschenden Leidenschaft, seiner unendlichen Verehrung.

Ich bin ihm nicht gefolgt. Ich habe ihn seiner Verzweiflung überlassen. Was kann eine Mutter tun, wenn ihr Sohn vor Kummer zu sterben meint? Die Geschwister haben einander genügt, das steht fest. Mein Sohn wählte den Traum zum

Freund. Ich bin im Hotel geblieben. Bei der Meute der Journalisten. Ich habe ihnen Rede und Antwort gestanden, als alte Freundin der Familie.

Die enge Beziehung der Geschwister begann nach dem Tod der Eltern, eins hat sich für das andere verantwortlich gefühlt. Während Oskar in Pau seine Fliegerausbildung machte, war Leny in einer Haushaltungsschule.

Er hatte wenig Zeit, um seiner Schwester Briefe zu schreiben. Umso mehr Zeit hatte Leny – es interessierte sie, was ihr Bruder in der Flugschule trieb. Für eine Weile vergaß sie darüber die Schauspielakademie. Sie las jede Notiz über das Fliegen. Immer wieder stürzte ein Flugapparat ab. Er kam in eine Vrille oder trudelte, oder die Flügel brachen weg und der Rumpf schraubte sich in den Boden. Das Gehäuse ging in Flammen auf, und der Pilot verbrannte.

Seine Schwester Leny kannte das Vorhaben ihres Bruders, halbe Nächte stand sie über dem Thunersee am Fenster, rieb sich die Hände mit Zitrone weiß und sah zum Himmel hinauf. Tagsüber konnte sie sich ablenken. Sie lernte links herum walzern, schwamm in den Wellen der Dampfer, aß sich durch die Patisserie einer Confiserie in Thun und schwänzelte danach noch in die Parfümerie. Nachts starrte sie wieder zum Himmel hinauf.

Oskar begann mit der Planung des Erstflugs über die Pyrenäen. Er fuhr mit der Eisenbahn nach Madrid, prägte sich die Gipfel ein, die Senken, den Landeplatz. Alle Geländeformationen hat er in der Karte in seinem Kopf vermerkt. Danach erstand er eine gute Schutzbrille, vergaß auch seine Schwester nicht. Für sie las er ein paar Ohrringe in Tropfenform aus schwarzem Onyx aus. Dieses Geschenk wollte er ihr nach dem erfolgreichen Flug geben, zur Erinnerung an den Sieg über ihre Angst während seines Flugs.

Die Maschine XI-2 wurde Oskar im Januar übergeben. Sie war hellgelb. Ihren Eschenrumpf stabilisierten Stützstreben. Auch das Tragflächengerüst war aus Holz. Das Fahrwerk bestand aus zwei Speichenrädern mit Gummibereifung, ergänzt durch einen Holzdorn unter dem hinteren Rumpfdrittel. Mit einer Maschine des Typs XI hatte Blériot seinen Erstflug über den Ärmelkanal gewagt. Der neue Flugapparat hatte einen stärkeren Motor und war für eine längere Flugstrecke gebaut. Solche Maschinen waren bei der französischen Armée de l'Air im Dienst. Sie eigneten sich gut für einen Krieg, denn sie konnten mit kleinen Bomben, den sogenannten Fliegerpfeilen bestückt werden. Vorne war die Sprengladung, hinten ein geflügelter Steg zum Stabilisieren. Auf diesen Bomben hockend, konnte der Pilot durch die Luft dröhnen, bei Bedarf eine davon unter seinen Beinen hervorziehen und auf ein Bodenziel fallen lassen. Der Schaden war zwar bescheiden, die Treffergenauigkeit gering, aber die psychologische Wirkung auf die Bodentruppen sei durchschlagend. Die Blériot konnte auch mit einem Gewehr ausgerüstet werden, das vom Piloten während des Flugs bedienbar ist.

Oskar besorgt sich Pinsel und Farbe und malt den Baselbieter Stab auf die Flügel sowie das Wort «Langenbruck» auf das Seitenruder. Anstelle des Passagiersitzes baut er einen Benzinkanister ein, damit er hundertfünfundsechzig Liter Benzin und vierzig Liter Öl mitführen kann. Dann wartet er auf gutes Wetter.

Am 24. Januar 1913 ist es so weit. Oskar kann den Flug von Pau nach Madrid versuchen. Am Vorabend isst er wenig, trinkt wenig, betet. Nach einer schlaflosen Nacht wirft er morgens um sechs Uhr fünfundvierzig bei Mondschein den Propeller an und steigt zum klaren Nachthimmel auf. Die Blériot schwebt über die Pyrenäen. In Guadalajara macht sie eine Zwischenlandung und gegen Abend erreicht die Maschine Madrid.

Oskar Bider überfliegt die Pyrenäen! In fünf Stunden sind Gebirge für Flugapparate des Typs Blériot überwindbar. Diese Nachricht geht um die Welt. Frühstück in Südfrankreich, zum Diner in Madrid. Im Sturzflug von einem Land ins andere. Taugen Flugapparate auch für den Krieg? Überflügelt das französische Flugzeug das deutsche Luftschiff? Müssen wir mit Luftschlachten rechnen? Ist die Welt heute noch so sicher wie gestern?

Oskar war schlagartig berühmt. Als Star kehrte er in die Schweiz zurück.

14

In der Schlossküche von Rallingen kesselte Leny zum letzten Mal mit Blechgeschirr. Es war ausgestanden. Sie war frei. Sie löste die Schlaufen von ihrem Schnürkorsett, stopfte es zusammen mit der Küchenschürze in den Abfalleimer und holte tief Luft.

Sie war für das neue Leben bereit.

Sie wartete im Hof des Schlosses auf das Automobil ihres tollkühnen Bruders. Der Koffer und die Singer-Nähmaschine standen bereit. Die Freundinnen wollten Lenys Besitz auf die Rückbank packen und warteten schon mit Geschenktüten voll Plätzchen am Tor, schubsten einander und kicherten. Als der berühmte Bruder dann den Weg heraufrollte, wurden sie still. Während Leny auf dem Vordersitz thronte, nachlässig und gelangweilt eine Zigarette in der abgewinkelten Hand hielt und aus der Nase Rauch zum Himmel strömen ließ, schufteten die Freundinnen sich mit den Schrankkoffern und der Nähmaschine ab. Leny bemerkt im Tagebuch, dass sie glühend beneidet worden sei. Am liebsten hätten sie sich zwischen das Gepäck gezwängt, um dem blechernen Abwaschberg von Schloss Rallingen ebenfalls den Rücken zuzudrehen. Am allerliebsten wäre sie die Hausfrau von ihrem Bruder geworden.

Der Oski ist halt doch ein schneidiger Kerl.

Die Zeit der Reisen begann.

Als Erstes stattete sie Verwandtenbesuche ab, hielt sich einige Tage hier und einige Tage dort als Gast auf.

Mein Sohn studierte. Ich weiß nicht, wie er es eingerichtet hat, dass sich sein Weg immer wieder mit dem von Leny kreuzte.

«Ist sie der Faden, dieses Fädchen, an dem alles hängt?», will ich von ihm wissen. «Du stellst dich in ihren Weg, und sie tänzelt vorbei. Ist das die Klugheit, die du von Jakob Bider lernen wolltest? Hinter einer jungen Frau hergehen als Schatten? Von einer berauschenden Leidenschaft träumen? Sind das die Perlen, die du sammelst?»

Er wusste keine Antwort.

Mit Hüftschwung schleuderte Leny den Rock um die Beine und rauschte an ihm vorbei. Kein Danke, kein Lächeln, nicht einmal das Zucken ihrer Lippen.

«Wo ist dein Stolz?», habe ich meinen Sohn gefragt.

Er hat keinen Stolz. Nur seine Liebe.

Immer trug sie den Ohrschmuck, den Oskar ihr geschenkt hatte. Immer war sie abrufbereit, um den Bruder im Automobil oder in seiner Blériot zu begleiten. Sie kannte keine Angst. Nicht vor dem Blick in die Tiefe, nicht vor dem stotternden Motor, auch nicht vor Unwettern und Dunkelheit.

Angst hat sie ja nur um Oskar gehabt. Nie um sich.

Aber mein Sohn hatte Angst um Leny. Ihm stand der Tod von Engelhard, Chavez, Borrer und Rech vor Augen. Glänzende Piloten, sie rammten sich mit ihrem Apparat in den Boden. Mein Sohn fand, dass Oskar Lenys Leben mutwillig aufs Spiel setze. So viel Verantwortungslosigkeit konnte er nicht nachvollziehen. An der Universität studierte er Gesetzbücher, um einen Artikel zu finden, der Oskar verbieten würde, Leny solcher Gefahr auszusetzen. Er begann Oskar zu hassen. Er hasste die Art, wie dieser in seiner Uniform mit gespreizten Stiefeln vor seinem Flugzeug stand, die Finger unter die Gürtelschnalle geschoben, zum Fotografen lächelnd. Er hasste es, wie er Leny unterfasste und mit Schwung in sein Flugzeug setzte.

Er schnitt das Gesicht seines Gegenspielers aus den Fotografien heraus. Die Fotowand im Zimmer meines Sohns hatte viele Löcher. Es gab nur Bilder von Leny.

Er litt bei jedem ihrer Flüge. Zählte mir die möglichen Ursachen von Abstürzen auf. Fallwinde können die Flügel wegdrücken. Der Tank explodiert. Luftwirbel zerren die Fliegenden aus ihrem Gestänge. Unter dem Fahrwerk knicken die Räder ein. Der Pilot verirrt sich, leitet ein Manöver zu früh oder zu spät ein und lenkt den Apparat in eine zu steile Schlaufe. Der Reservetankhahn kann verstopft sein, und die Drehzahl des Motors fällt zurück. «Perte de vitesse», ein häufiges Verhängnis. Oder Oskar ist besoffen.

Es gab hundert Gefahren. Solche, die er kannte, solche, die er noch nicht kannte.

Ich konnte meinen Sohn nicht beruhigen. Meistens stand er am Flugfeld, raufte sein Haar und sah zu, wie Oskar seine Schwester auf dem Arm zum Apparat trug und hopp! in den Rücksitz pflanzte.

Die Tochter von Jakob hob ab. Das verlorene, traurige, widerspenstige Mädchen.

«Sah Leny zufrieden aus?»

«Ja.» Mit dieser Antwort barg mein Sohn den Kopf in den Armen. Wie früher.

Was hatte ich erwartet? Leny flog mit ihrem Bruder. Und sie sah glücklich aus. Der Glanz des Himmels widerstrahlte in ihren Augen. Sie schob die Fliegerbrille von der Strickkappe. Und der Himmels spiegelte sich jetzt auf der Brille. Unbeweglich saß sie im Apparat und richtete die Himmelsspiegel auf die Lederjacke von Oskar. Gesammelt. Bereit, sich durch die Luft tragen zu lassen.

Ein unerträglicher Anblick für meinen Sohn. Am Rand des Flugfelds setzte er sich hin. Der Propeller wurde angeworfen. Als das zerbrechliche Vehikel zu schütteln anfing, zuerst die Flügel, danach das Gestänge samt den Insassen, jubelten die Zuschauer. Schüler rannten dem fortholpernden Flugzeug hinterher. Auch die sonntäglich hellgekleideten Cousinen folgten dem Apparat mit auf den Kopf gedrücktem Hut, und ihre offenen Mäntel flatterten wie Fahnen. Dann hoben die Geschwister vom Boden ab. Sie schwebten ganz einfach davon.

Ich habe ihre Flugspur in der Zeitung verfolgt. Ende April überflogen die Geschwister den Friedhof von Langenbruck im Tiefflug. Zwei Wesen der Luft, eins hinter dem andern ins Gestänge gegossen. Sie winkten zum Grab herab, an dem ich an diesem Tag gebetet hatte. Der zweiflüglige Schatten zog über die Äcker, Hügel und Hausdächer. Das Feld, auf dem der Apparat landete, war sofort von Menschen gefüllt. Die Bewohner stürzten herbei, Mütter trugen ihre Kinder auf dem Arm. Mit erhobenem Rasiermesser stolperte der Coiffeur seinem eingeseiften Kunden hinterher. Einige Bläser des Musikvereins trugen Instrumente aufs Feld. Ein Gejubel, Getute und Geschrei.

Leny hatte steifgefrorene Wangen und tränende Augen, trotz der ungeheuren Brille. Die Institutszeit lag hinter ihr, und sie hatte sich in eine selbstsichere, junge Frau verwandelt. Ehe sie aus dem Gestänge kletterte, spiegelte sie sich in den Brillengläsern und zupfte ihre Ringellöckchen unter der Kopfbedeckung zurecht.

Sie schüttelte Hände und kam zum Friedhof. Sie hatte mich am Hut erkannt – meine Hüte sind noch immer gewaltig. Noch immer wirkt mein Hals zu dünn, um solche Hüte zu tragen. Mein Gesicht ist allerdings nicht mehr rosig und feucht, als hätte ich es gerade im Wasserdampf erhitzt. Leny war freundlich. Wir haben zusammen eine Weile am Grab ihrer Eltern gestanden. Leny tupfte das Taschentuch auf den Mund und auf die Augen. Auch ich habe geweint. Ich besuche Jakob regelmäßig, um an seinem Grab zu weinen. Immer denke ich, es sei nun das letzte Mal. Frankreich würde das Elsass von Deutschland zurückfordern, wenn nötig mit der Waffe. Ich könne zurückkehren. Doch dann bleibt wieder alles beim Alten. Nur die Hutmodelle ändern sich, unter deren Krempe ich auf das Grab von Jakob weine.

Bald danach begleitete Leny den Bruder auf seinem ersten Postflug von Basel nach Liestal. Diese Übermittlung der Post durch die Luft war seine Idee, sie sollte die Wirtschaftlichkeit dieses Verkehrsmittels beweisen, zeigen, dass Flugapparate nicht nur zur raschen Reise und für das private Vergnügen dienen, dass sie zum Nutzen aller da sein könnten.

Leny musste sich zu zwei Postsäcken in den Passagiersitz zwängen. Die Freundinnen aus Lausanne und Rallingen erhielten Karten mit einer besonderen Vignette und Flugpoststempel. Aus allen Himmelsrichtungen hat Leny in den folgenden Wochen *Einen herzlichen Fluggruß* geschickt.

Was Jakob an seiner Tochter versäumt hatte, holte ihr Bruder nach. Er erklärte Leny die grobe Koppelnavigation, die Phänomene des Wetters, die unterschiedlichen Flugzeugtypen, Gefahren an den Verbindungsstreben des Gestänges, die Topographie, die Namen der Sternbilder. Sie hing an seinem

Mund wie ein Kind, dem man die Wunder dieser Erde zeigt. Sie war begierig zu lernen. Bald verstand Leny so viel von der Aviatik, dass sie Zeichnungen von Flugzeugteilen anfertigen konnte, die Oskar zur Grundlage für Pläne und Verbesserungen dienten.

Er hat sie mit Aufgaben betraut. Sie besuchte Flugmeetings, wenn er verhindert war, merkte sich die Änderungen und Neuheiten an den Flugapparaten. Zeichnete ihre Form, orientierte sich über das Material, das für die verschiedenen Bauteile verwendet wurde. Die Piloten gaben einer so attraktiven Dame willig Auskunft. Leny konnte ihrem Bruder jede Information beschaffen. Für ihn tat sie alles.

Sie dampfte mit der Eisenbahn nach Calais und bestieg ein Schiff nach England. Nach den Jahren im Institut war sie nun ständig auf Reisen. Die Schauspielakademie schien eine Weile lang kein Thema mehr zu sein. Sie wollte Englisch lernen und die Theater in London besuchen, in denen Sarah Bernhardt und Eleonora Duse gastiert hatten. Sie schickte Oskar eine Ansichtskarte vom Aerodrome in London.

Wann wagst du den großen Alpenflug??

Der Tod von Chavez war noch nicht gerächt. Die Alpen galten immer noch als unüberwindbar. Oskar bereitete sich auf das Wagnis vor, das Hindernis zu überfliegen. Er sondierte das Gelände, rechnete den Benzinverbrauch aus für die Strecke von Bern nach Mailand. Fastete. Betete. Startete. Doch in der Nähe von Thun musste er den Flug wegen schlechter atmosphärischer Verhältnisse abbrechen. Am 13. Juli 1913 machte er einen neuen Versuch. Um vier Uhr früh hob er von der Berner Allmend ab, begleitet vom Geläut der Glocken. Tausende sahen seine Maschine, die sogenannte «Flugere», in den Himmel steigen.

Er schraubte sich in die Höhe von dreitausend Metern und

flog Richtung Jungfrau. Überflog dann knapp das Jungfraujoch, überquerte den Aletschgletscher, dann Brig und das Helsenhorn und landete in Domodossola, an der Absturzstelle von Chavez. Die Alpen waren überwunden. Mit vollem Tank setzte Oskar den Flug fort Richtung Lombardei, kreiste eine Weile über dem Landeplatz, der trotz der ausgelegten Tücher im Dunst kaum zu sehen war.

Um 8.45 Uhr wird die Landung von Oskar Bider in Mailand verzeichnet. Es ist geschafft! Er glättet seine Knickerbocker, zieht die Weste straff, richtet die Schildmütze und marschiert zum Bürgermeister. Es ist eine Grußbotschaft der Berner Regierung zu überbringen.

Er könnte sich jetzt auf den Lorbeeren ausruhen. Alle reden vom Fliegen, bald wird jeder Mensch durch die Lüfte schweben, Völker erheben sich über ihre Länder und lassen sich anderswo nieder. Die Visionen blühen. Das Misstrauen gegenüber dem Flugzeug schwindet, es wird nun ernsthaft als Verkehrsmittel geprüft. Drei Jahre zuvor standen selbst Dübendorfer ihrem Flugfeld im entwässerten Ried noch skeptisch gegenüber. Als die Besitzer des Flugfelds dort auch noch ein Flugmeeting planten, schüttelte man den Kopf.

Noch nie ist in Zürich so viel gelacht worden über die Einfalt der Dübendorfer wie damals, als der Plan bekannt wurde.

Jetzt wollen alle fliegen. Man möchte es versuchen. Oder zumindest die Kinder. Die haben den Schneid, sich in eine dieser Kisten zu setzen.

Oskar ist der berühmteste Flieger der Welt. Überall Bilder von Bider. Man muss den Piloten mögen, er hat ein so freundliches Gesicht, wirkt herzlich und vertrauenerweckend. Trotz allem sei er immer bescheiden. Einer von uns!

Dieses Echo ermunterte ihn zur Planung einer Passagierfluglinie von Bern nach Mailand. Leny in England war begeistert, die Luftfahrt als Verbindung zwischen den Ländern. Bald kann Leny in London ein Flugzeug besteigen und nach wenigen Stunden in Dübendorf aussteigen.

Der Bundesrat ehrte den Piloten mit einem goldenen Chronometer. Er war Botschafter der Nation. Der richtige Mann, um die Eidgenössischen Räte für die revolutionäre Idee der Militäraviatik zu gewinnen. Ihm glauben auch die stursten Nationalräte. Wenn dieser Bauer, der den Himmel mit kunstvollen Furchen durchzieht, in Bern durch den Sitzungssaal der Regierung stampft und sagt: «Hier bin ich!», dann bewilligen die Räte den Kredit zur Schaffung einer Schweizer Luftwaffe ohne Wenn und Aber.

Bundesrat Hoffmann, der Chef des Eidgenössischen Militärdepartements, plante, Oskar und seine Fliegerkameraden Real, Borrer, Reynold und Parmelin zum großen Herbstmanöver beizuziehen, um die Verwendungsmöglichkeit des Flugzeugs zu prüfen. Die Nachbarstaaten setzten schon seit zwei Jahren Flugzeuge in der Armee ein.

Die Schweizerische Offiziersgesellschaft eröffnete ihre Spendensammlung zur Bildung einer schweizerischen Fliegertruppe. Die Flugtage erhielten ein größeres Gewicht. Der Ertrag kam der Nationalspende zugute. Das Auftauchen der Blériot des Stars war immer ein Höhepunkt und lockte die Zuschauermengen an. Oskar flog einige Schlaufen, ging tiefer und winkte. Am meisten staunten die Zuschauer, als die Blériot sich auf die Bundeshauptstadt herabsenkte, bis das Fahrgestell beinahe die Oberfläche der Aare berührte, sich dann unter der Brücke hindurchbohrte, auf der anderen Seite in die Höhe stieg, noch eine Schlaufe zog und verschwand.

Die Nationalspende zum Ankauf von Flugzeugen für die Armee stieg im Mai auf 1,7 Millionen Franken.

Leny machte einen Blitzbesuch in der Schweiz. Sie begleitete Oskar auf einigen Schauflügen, ehe sie nach England zurückreiste. Dass sich auch Frauen in einen Flugapparat setzen, schaffte noch mehr Vertrauen.

Die «Basellandschaftliche Zeitung» schrieb: *Wenige Minuten vor 3 Uhr erschien der Apparat über der Höhe des Kräheck, fuhr unter einem sonnig blauen Himmel in großem schönen Bogen über den Talkessel und landete glatt und sicher auf dem Platze. Die Musik intonierte einen Begrüßungsmarsch, ein vielhundertstimmiges Bravorufen und Zujubeln ertönte, und dann drängte die Menge zum Apparat hin. O. Bider und seine Schwester Helene stiegen aus, und nun folgte ein freudiges Begrüßen und herzliches Händedrücken bei Verwandten und Bekannten, ein Betrachten und Bewundern des Apparates und seiner Passagiere von Seiten der Menge.*

Mit Flugpost der Zuschauer hoben die Geschwister vom Boden ab und verschwanden am Horizont.

15

Die Hektik der Reporter im Bellevue au Lac löst sich gegen Abend auf. Die Restaurants sind plötzlich leer. Die Kellner mit ihrer über den Arm gehängten Serviette stehen herum. Gewöhnlich treffen zu dieser Stunde die Offiziere ein. Nach dem Unfall von Oskar Bider und dem Selbstmord seiner Schwester sind sie viel zu erschüttert, um das Casino zu verlassen.

Vorgestern Abend feierten sie mit den Geschwistern. Sie haben noch Pläne gemacht, so viele Pläne. Oskar schlug Leny als Direktrice seiner neuen Fluggesellschaft vor, sie war begeistert. Wollte sie nicht mit ihm nach Varese fliegen, um ein Wasserflugzeug zu holen? Von Heirat war an diesem Abend nie die Rede. Leny war in Form, in ihrem Kopf funkte und tickte es, auch Oskar, der die vergangenen Wochen bedrückt gewirkt hatte, war kaum wiederzuerkennen.

Ein fröhlicher Abend, das erzählen auch die Kellner. Die Biders tranken im Carlton auf die Zukunft, Oberleutnant Bider machte Witze, schrie vor Lachen, beinah schon übertrieben. Denn zwischendurch wurde er nachdenklich. Vielleicht der Weißwein. Der schießt bei manchen in den Kopf.

Mein Sohn saß an diesem Abend im Klubraum des Bellevue. Hinter der offenen Zeitung hervor beobachtete er die ausgelassene künftige Direktrice einer zu den Sternen aufbrechenden Fluggesellschaft.

«Leny war locker», berichtete mein Sohn. «Befreit. Die Onyxtropfen an ihren Ohren hüpften. Sie hat die Stulpenhandschuhe ausgezogen und auf die Handtasche gelegt. Sie lachte mit zurückgebogenem Hals. Sie neigte sich lachend von einem Offizier zum andern.»

Drüben im Klubraum schleuderte mein Sohn die Zeitung zu Boden und stürzte auf den Quai, wo sich die Sterne und die Lichter des Bellevue im Fluss gespiegelt haben. Mein beherrschter Sohn schlug die Hände vors Gesicht und heulend wie ein Hund stieg er Stufe um Stufe zum Wasser hinab. Er hasste die Sterne. Die Flugzeuge. Dieses Carlton-Restaurant mit seinen Frackkellnern. Er hasste seine Mutter, die ihm den Himmel auf Erden verspricht. Er stand knietief im Wasser und schlug auf die Lichter ein. Er wollte sie löschen. Die Sterne. Die Flugzeuge. Sich. Alles wollte er löschen.

Damals, als Leny nach England gefahren war, verkündete ich voll Stolz, dass Jakobs Tochter eine Dame von Welt werde. «Sie will ihre Sprachkenntnisse erweitern. Meine Bemühungen, aus ihr etwas Rechtes zu machen, sind nicht umsonst gewesen. Sie ist kein einfältiges und eingebildetes Mädchen, wie ich lange geglaubt habe. Sie ist intelligent.»

Mein Sohn hat die Ecke seines Lehrbuchs um- und umgeknickt. Ich glaubte, er höre nicht zu, und schwieg. Doch er wedelte mit der Hand, damit ich fortfahre.

«Sie ist eine Perle», sagte ich. «Mit ihr kannst du über wichtige Dinge reden. Sie passt zu dir. Eins wird dem andern die Welt erklären. Ihr werdet endlose Spaziergänge machen, so wie wir damals mit Jakob. Ihr werdet im Gehen euren Verstand aneinander wetzen. Du gibst ihr einen Klaps auf den Hintern, und sie springt lachend auf, mit dem Wissen, dass sie dir blind überallhin folgen wird.»

Er sagte nicht nein, nicht ja, sondern beschäftigte sich mit dem Buch, und ich begann, meinen Sohn und Leny als Paar zu sehen.

Ich habe ihr nach England geschrieben. Diesmal antwortete sie.

Ich schlage mich mit «Heldenmut» durch London u. zwar ganz alleine.

Ihre Verwandtschaft war schockiert. Eine junge Frau, im Ausland, allein und unerfahren. Bei einem Menschenschlag, den Kaiser Wilhelm II in der Presse angriff: *Ihr Engländer seid verrückt, verrückt, verrückt wie die Märzhasen.* Die Verwandten verstanden Oskar aber noch weniger als Leny. Warum hat er keinen Finger gerührt, um sie an der Abreise zu hindern? Er war einverstanden, ermunterte sie sogar. Wenn er sie wenigstens begleitet hätte!

Es war eine aufgeregte Zeit. Man hatte das Gefühl, auf einem Pulverfass zu sitzen. Die Royal Navy baute Schlachtkreuzer für lange Patrouillen auf den Weltmeeren. Die Deutschen konstruierten Schlachtkreuzer für heimische Gewässer, die den Panzern und Torpedos eines Gegners standhalten konnten. Alles war im Aufbruch begriffen. Eine Neuigkeit jagte die andere. Die Meldungen der Telegraphen gelangten schneller an ihr Ziel als die Eisenbahn. Die Sensation von heute war am nächsten Tag veraltet. Auch die Flugzeugmotoren, die Ausrüstung und das Material für deren Konstruktion. Einige Male in der Luft, schon überholt und unbrauchbar.

Leny tauchte in Weybridge auf, einer Kleinstadt in der Grafschaft Surrey im Südosten Englands.

Wozu geht eine Schweizerin zum Englischlernen nach Weybridge?

In der Nähe liegt Brooklands, die erste Autorennstrecke der Welt. Dort donnerte die Gattin des Gründers, Ethel Locke-King, in ihrem riesigen Itala mit der sagenhaften Geschwindigkeit von neunzig Meilen pro Stunde über die erhöhten Kurven des natürlichen Amphitheaters. Sie war genau das Kaliber Frau, das Leny imponierte und schon immer kennenlernen wollte. Dort unternahm der Pilot Alliott Verdon Roe seine Versuche mit verschiedenen Flugzeugtypen.

Leny schrieb Oskar, dass sie da jetzt ihre Stelle antrete. Welche Art Arbeit sie verrichtet, wer ihr Arbeitgeber ist, erwähnte sie nicht. Oskar musste es wissen.

Ich vermute, dass Leny in seinem Auftrag in Weybridge war, zum Studium von Kampfflugzeugen. Er hatte ja die Idee, ein Gewehr so am Flugzeug zu befestigen, dass es während des Flugs vom Piloten bedienbar war. Eine Automatik sollte für das passende Intervall sorgen, um bei sich drehendem Propeller durch den Zwischenraum der Blätter feuern zu können. Vielleicht sollte ihm Leny Zeichnungen liefern.

Oskar sammelte zu Hause fieberhaft Geld, und in England war Leny sein Auge und sein Ohr. Er wusste, wie leicht es seiner attraktiven und aufgeweckten Schwester fiel, Verbindungen zu einflussreichen Persönlichkeiten herzustellen, wie gut sie ihre Rolle spielt, wie gezielt sie arbeitet, da sie das Wichtige vom Unwichtigen unterscheiden kann. Wie klar ihre Skizzen von Flugzeugteilen sind. Oskar kann sich hundertprozentig auf seine persönliche Mata Hari in England verlassen.

Brooklands wandelte sich in dieser Zeit zu einem der wichtigsten Orte für die Entwicklung von Flugzeugen. Leny konnte die Testflüge dort beobachten. Alliott Verdon Roe kleidete seine

Flugzeuge mit dünnem Aluminiumblech aus. Junkers hatte schon 1910 Metallflügel patentieren lassen, aber diese Rundumverkleidung mit dünnem Blech war neu. Leny erfuhr auch den Grund: Alliotts erste, mit Papier überzogene Dreidecker waren beim Transport mit der Dampfeisenbahn durch Funkenflug verbrannt.

«Die Swiss Lady hat fleißig dem Bruder geschrieben», habe ihre Zimmerwirtin der Cousine von Leny erzählt. Sie habe dem Bruder dicke Briefe mit Zeichnungen geschickt. Vom berühmten Alliott hat die Swiss Lady ein Autogramm verlangt.

«England: ein Buch mit sieben Siegeln», nennt die Cousine den Aufenthalt von Leny. So nennen ihn alle Mitglieder der Familie.

Oskar flog in der Schweiz von Sieg zu Sieg. Sammelte Geld, sammelte Ruhm, kreiste über den Dörfern. Landete hier, landete dort, und die Bewohner rannten zum Flugzeug. Lächelnd stieg er aus der Maschine, nahm seine Fliegermütze ab und ließ sich von Blumen überschütten. Schüler boten ihm ihre Sparhafen, nur um für zwei Minuten vom Boden abzuheben. Schwärmerische Mädchen schrieben seinen Namen auf Papier, drückten die Buchstaben aufs Butterbrot und aßen es zum Frühstück. Mit ihrem täglichen Oskar Bider im Bauch gingen sie zur Schule. Im Berner Oberland wurden sechs Zuchtstiere Bider getauft.

Mein Sohn studierte inzwischen Jura. Er war noch immer scheu, aber er sah besser aus, denn er befeuchtete sein starres Haar, kämmte es von der Stirn in den Nacken und klebte es mit Pomade fest. Mit seinem Lackkopf sah er jetzt aus wie ein Tänzer, der im Varieté-Theater mit Metallplatten unter den Lackschuhen mit glänzendem Kopf zur Musik einer Big Band steppt.

Gab es andere Frauen? Ich weiß es nicht. Mein Sohn redete nur von der einen.

Sie machte Ferien in der Schweiz. Sie schrieb eine Karte aus Alvaneu-Bad. Mein Sohn ist sofort hingefahren. Stand dort am Eingang des Ballsaals. Im Vorübergehen schickte sie ihr Lachen zur Stuckdecke und ließ dazu den Fingernagel gegen das Kristallglas klicken. Ihr Veilchenduft erfüllte ihn mit Sehnsucht. Sie tanzte den ganzen Abend mit ihrem Begleiter. Meinen Sohn streifte sie mit keinem Blick.

Danach saß er nur noch über seinen Lehrbüchern. Doch er konnte nicht lernen, die Buchstaben wirbelten durch seinen Kopf. Er knirschte mit den Zähnen und fand keinen Schlaf, da er wusste, dass Leny mit einer Begleitung in Alvaneu-Bad tanzt.

Ich setzte mich an sein Bett, wie früher. Ich sagte: «Leny wird mit dir tanzen. Mit dir allein.»

War es richtig, ihm die Hoffnung zurückzugeben? War es falsch?

An diesem Tag verfiel er auf diese Idee mit den Blumen. Er bestellte sündhaft teure Kamelien, weiß und wächsern, mit Blättern wie aus glänzendem Stahl – die passenden Blumen für eine so schöne wie grausame Dame. Er ließ ihr den Strauß ins Hotel überbringen. Sie sei ratlos gewesen, gestand der Portier von Alvaneu-Bad meinem Sohn. Sie habe die Blumen aber angenommen, nach dem fehlenden Kärtchen gesucht und den fehlenden Duft eingeatmet. Dann hat sie aufgeschaut und mit den Mundwinkeln gezuckt, als wollte sie lächeln.

Von da an schickte er Leny immer wieder Blumen. Dieselbe Sorte, Kamelien. Weiß und hart. Ohne Begleitbrief, ohne Absenderadresse. Sie nahm alle diese Sträuße entgegen, fragte nie, von wem die Blumen sind. Sie schenkte dem Ausläufer des Blumenhauses oder dem Portier das Zucken ihrer Mundwinkel. Hin und wieder brach sie eine einzelne Blüte heraus und trug diese am Kragen oder an der Mütze.

Oskar machte abschätzige Bemerkungen darüber. Er mochte

an ihr nur seinen Ohrschmuck. Die Verwandtschaft hingegen bewunderte Lenys Kamelien. Immer waren sie frisch. Immer war dem Absender der Aufenthaltsort von Leny bekannt, der dauernd wechselte. Leny schwieg sich aus. Ein vieldeutiges Schweigen, fanden Onkel, Tanten und Cousinen. Die Blumen konnten nur von Oskar sein.

16

Als Leny nach England zurückkehrte, erklärten Österreich-Ungarn und Deutschland Serbien den Krieg. Kurz darauf traten Russland und Frankreich, dann auch England in die Kriegshandlung ein.

Brooklands wurde requiriert. Die Vickers Limited, ein Unternehmen mit Erfahrung im Schiffbau, in der Panzerung und der Herstellung von Torpedos, zog entlang der Rennstrecke Hangars hoch, und fertigte darin Flugzeuge in Serie. Ethel Locke-King ließ ihren Itala stehen und gründete ein Rotkreuzspital.

Leny verschwand aus Weybridge. Doch sie ist in England geblieben.

Am 3. August 1914 verfügte der Bundesrat, dass jeder Schweizer, der fliegen könne, sich auf dem Beundenfeld in Bern einzufinden habe, ob Soldat oder Zivilist. In aller Eile stellte Oberleutnant Real von Schwyz, ein Pilot der ersten Stunde mit der Nummer 4 auf dem Brevet, eine Fliegertruppe zusammen. Er wünschte Oskar Bider an seiner Seite, denn der war über die schweizerische Aviatik am besten orientiert. Dieser sagte sofort zu – «für Real fresse ich meinen Propeller auf». Dazu wählte Real die Piloten Agénor Parmelin, Marcel Lugrin, Albert Cuendet, Ernest Burri, François Durafour, René Grandjean, Alfred Comte, Edmond Audemars und Henri Kramer aus. Jeder Einzelne hatte sich mit fliegerischem Können einen guten Ruf erworben. Einige hatten mit Rekorden Aufsehen erregt. Reals Fliegertruppe bestand aus den glänzendsten Piloten der Welt.

Auf dem Flugplatz von Bern sammelte sich diese Truppe zum Appell in der Uniform der Schweizer Armee, in voller Ausrüstung, bereit, ihr Armeeflugzeug in Empfang zu nehmen und die Schweiz von der Luft aus zu verteidigen. Sie standen in Reih und Glied am Rand des Beundenfelds und knallten die Stiefel zusammen. Die Armeeflugzeuge waren nicht zu sehen. Die Militärpiloten standen in Achtungsstellung auf einem leeren Platz. Deutschland hatte die von der Eidgenossenschaft bestellten LVG-Doppeldecker, System Schneider, nicht geliefert. Sie würden auch am nächsten und übernächsten Tag nicht geliefert. Deutschland befand sich im Krieg. Es war kein Schräubchen eines Flugzeugs zu erwarten.

Oberleutnant Real requirierte unverzüglich alle in der Landesausstellung gezeigten ausländischen Flugzeuge und wies seine Piloten an, ihre eigenen Flugzeuge nach Bern zu holen. Bider rückte mit dem Blériot-Eindecker und einem Morane-Saulnier-Eindecker ein, die anderen Piloten ergänzten den Flugzeugpark der Armee mit einer Farmann F-20, einer Morane-Saulnier 35 «Helene», einer Grandjean, einem Aviatik-C-1-Doppeldecker, zwei Schneider LVG C-III. Dazu kamen die Flugzeuge aus der Landesausstellung. Sie bestanden aus einem LVG-Doppeldecker System Schneider mit 100-PS-Mercedes-Motor, einem Aviatik-Doppeldecker mit 100-PS-Mercedes-Motor und einem Blériot-Eindecker mit 100-PS-Gnome-Motor.

Die Einheit der glänzendsten Piloten knallte erneut die Stiefel zusammen. Jetzt war sie zur Verteidigung der Schweiz bereit.

Dieser Grundstock an Flugzeugen wurde nun laufend durch die Maschinen der Kriegsgegner ergänzt, die durch Notlandung, wegen Bruch und «Verfliegens» in der Schweiz niedergehen mussten. Manchmal funktionierte das automatische Intervall der Maschinengewehre nicht, der Pilot schoss seinen Propeller ab, die geborstenen Flugzeugteile wirbelten in der Luft herum und sanken in rauchenden Spiralen zu Boden.

Une fumée opaque avec des flammes monte vers le ciel; le réservoir à essence a pris feu, éclate et les morceaux d'appareil, de toile déchirée montent et retombent en tous sens. V..., le pilote du 217 qui doit demain aller toucher au parc d'aviation un avion neuf, essui une larme et murmure: Chic fin pour un avion ... Regarde ... Il vole des morceaux d'aile jusque dans le ciel.

Nachrichten vom Krieg sickerten durch. Er ist schrecklich, er ist ungeheuerlich. Die Felder sind von Toten übersät, die Ernte von Blut getränkt, der Himmel schwarz vom Rauch, die Luft von markerschütternden Explosionen zerrissen. Auch der Verschleiß an Flugzeugen und Piloten der Kriegsgegner ist groß. Der Schweiz fallen ständig neue Flugzeugmarken zu, Voisin, Farmann «Shorthorn», Fokker, Albatros, Nieuport «Bebe», Siemens-Schukert, Rumpler und Halbnerstatt. Wir besaßen bald den merkwürdigsten Flugzeugpark und schickten alle Arten von Flugzeugtypen in die Luft hinauf. Allerdings war es etwas schwierig, die schweizerischen von den ausländischen Kampfflugzeugen zu unterscheiden. Die Ausbildung neuer Piloten an diesen verschiedensten Typen war Oskar Bider aufgetragen.

Es seien unmögliche Verhältnisse gewesen, erzählten seine Flugschüler. Aber ihren Ausbildner rühmen sie als verantwortungsbewusst und besorgt. Totenbleich sei er jeweils am Pistenrand gestanden, wenn einer seiner Flugschüler in der Luft war. Mit dem Oberkörper wippend, habe er jede Flugbewegung mitverfolgt. Erst nach der Landung war er zum Gespräch bereit.

Ich weiß nicht, was Leny immer noch in England trieb, ob es der Wunsch ihres Bruders war, ob sie ihm dort bessere Dienste leistete, als wenn sie in der Schweiz auf Oskars Rückkehr von einer Aufklärungspatrouille wartete. Von ihr erfuhr man nichts. Ihr Eintrag ins Tagebuch lautet:

Ich soll jetzt eine Brille tragen!

Ein saublöder Regentag … Beim Tee war's nett … Ich weiß jetzt, dass schon fast alle alle verlobt sind. Und ich, ich … noch nicht.

Wahrscheinlich lebte sie in Pensionen netter Witwen, besuchte Theateraufführungen, hörte Konzerte und spielte Tennis. Sie schickte Karten aus Woodhall Spa, aus Ulceby Grange, aus Lincoln, aus Shoreham-by-Sea. Die Verwandtschaft glaubte, Leny mache dort Ferien. Während der Krieg Teile von Europa in Schutt und Asche legt, schwimmt unsere Leny im Meer, wäscht das Salz aus dem Haar und dreht Locken. Danach schlendert sie an Souvenirläden vorbei und kauft Ansichtskarten für die zu Hause. Als wäre der Krieg bloß eine Vorstellung in den Köpfen von denen zu Hause.

Wir haben uns Leny vorgestellt. Wie sie Tennis spielt im schneeweißen Kleid, während rußige Eisenbahnzüge junge Soldaten an die Front bringen. Mit erhobenem Racket rennt sie am Netz entlang, und die Todgeweihten winken aus den Zügen, bis die junge Frau nicht mehr zu sehen ist. Sie fahren zum Schlachtfeld, dort wartet der Tod.

Leny geht tanzen. Leny besucht Konzerte. Und sie bewundert irgendeinen schicken Klavierspieler oder einen Ersten Geiger.

Was für ein Geiger! Wenn er mir doch nur seine Foto gäbe … Zweimal hat er gelacht, ob zu mir, ob zu jemandem andern, ich weiß es nicht.

Immerhin lernt sie Englisch. Und erinnert sich zuweilen an die alte Freundin ihres Vaters und an die Verwandtschaft in der Schweiz.

Bei einem Nachtflug in den Herbstmanövern kollidierte die Blériot mit einem Leitungsmast. Oskar war nach der Bruchlandung leicht verletzt.

Ein Schock für Leny in England. Sie kaufte sich den Revolver. Kurz zuvor war sie mit einem Paul durch London gebummelt und ließ ihn auf der Karte mit unterschreiben. Oskar kannte diesen Paul. Welche Rolle er in Lenys Leben spielte, verriet er nie. War er ein Cousin? Oder ihre Liebe? War er ein Kurier? War sie die Mata Hari sowohl von Oskar als auch von Paul?

Leny besuchte die Verwandtschaft nicht einmal zu Weihnachten, als Oskar seinen neuen Blériot-Eindecker kaufte und diesen mit einem Schweizer Distanz- und Dauerrekord von Paris nach Bern flog. Vom Bund erhielt er fünftausend Franken Schadenersatz für den alten Flugapparat. Den Rest musste er selber aufbringen. Auf Neujahr wurde er in den Rang eines Oberleutnants befördert. Er war nun Chefpilot und Cheffluglehrer. Leny freute sich, sie fand es angemessen. Niemand kannte sich in der Bedienung der unterschiedlichen Flugzeugtypen besser aus als ihr Bruder.

Die Kriegsgegner setzten neue Waffen ein. Sie benutzten Giftgas. Die Piloten duellierten sich in der Luft mit Pistolen. Die Überlebenszeit neuer Frontpiloten sank auf Wochen oder Tage. Monströse Luftschiffe schoben sich nachts leise über die Städte. In mondhellen Nächten schwebten sie herbei und deckten einen Teil des Sternenhimmels ab. Bis die Bewohner die Verdunkelung am Himmel bemerkten, war es für die Flucht zu spät – die Luftschiffe überschütteten sie mit Brand- und Gasbomben.

Der Bewegungskrieg ging in einen Stellungskrieg über. Leny blieb in England. Oskar freute sich über die Ernennung von Frau Hélène Dutrieu in die Pariser Luftwache. Als wäre es beruhigend zu wissen, dass eine Frau die Hauptstadt Frankreichs vor den Angriffen der deutschen Flugzeuge und Militärluftschiffe schützt. Die Kameraden, die stets auf Oskars Seite waren, haben ihn, wie sie mir anvertrauten, in diesem Punkt nicht verstanden.

Die Ansichtskarten von Leny trafen nur noch spärlich ein. Mit den torpedierten Schiffen versanken die Karten, samt den Soldaten, Waffen und lebensnotwendigen Gütern im Meer. Auch die Lohnzwirner an den Bachläufen verloren Schiffsladungen mit Ware. Sie hätten die einheimischen Stickereifabriken mit Gespinsten beliefern sollen, doch sie hielten sich nicht an die Verordnung des Bundesrats und lieferten die Ware dem Meistbietenden, Jakob hatte es vorausgesehen. Seine Zwirner waren gezwungen, ihre Maschinen abzuschalten. Aber diesmal rumpelte kein Bider auf dem Ochsenkarren daher, um den Arbeitslosen im letzten Augenblick das neue «reine Honiglecken» zu erklären.

17

Im April 1915 war Leny plötzlich wieder in der Schweiz. Wie vom Himmel gefallen. Wann sie England verließ und wo sie das Festland betrat, blieb ungeklärt. Das Meer um England war inzwischen Kriegsgebiet, der Seekrieg entfaltete seine ganze Kraft – trotzdem musste Leny auf dem Schiffsweg gekommen sein. Diesmal reiste sie ohne ihre Nähmaschine an, die war auf ein anderes Schiff geladen worden, das ein Torpedo traf. Eine Fontäne schoss hoch, dann versank das Schiff. Die Fische des Ozeans umschwimmen jetzt die schönen, eisernen Jugendstilranken der Nähmaschine von Leny aus Langenbruck.

Niemand begreift, dass ausgerechnet ihr Schiff eine Rinne zwischen den Geschossen fand. Ein Wunder! Leny kam durch. Auch Mata Hari ist immer durchgekommen. Gewisse Personen kommen durch. Von anderen Reisenden ist bekannt, dass sie zusammengepfercht und nur auf Umwegen über andere Länder in ihr Heimatland zurückgelangten, mit viel Mühe und Glück. Sie hatten sich gegen eine hohe Zahlung den Schutz von Persönlichkeiten erkauft und wurden mit Papieren ausgestattet, von denen ein jedes zahllose Stempel von Behörden und Kommandostellen trug. Beim Vorzeigen waren die Papiere nur allzu oft bereits ungültig, die Persönlichkeit abgesetzt, deren Protektion ein Sicherheitsrisiko, und die Rückkehrer schwebten in Lebensgefahr. Oft handelte es sich um eine Distanz von fünf Kilometern, die unüberwindbar war. Überall gab es Kontrollen, Festnahmen, Erschießungen, Abtransporte, Internierungen. Die Eisenbahnzüge, Schiffe und Lastautos wurden von Artillerie beschossen.

Aber Leny, unsere Leny, tänzelte über jede Schwierigkeit hinweg.

Stand eines Tages vor der Tür ihrer Verwandten. Mit Locken unter dem Hütchen, einem schneeweißen Jabot im Ausschnitt und einer an die Brust gedrückten Handtasche. In dieser war, wie man heute weiß, ein Revolverchen. Sie streckte ihnen strahlend die behandschuhte Hand entgegen. «Da bin ich!»

Als Erstes kaufte sich Leny die Dogge Cäsar und ließ sich mit diesem beeindruckenden, schiefergrauen Hund in einem Fotostudio ablichten. Auf dem Boden sitzend, war sie so groß wie der Hund. Sein Kopf nahm die eine Hälfte des Bildes ein, Leny die andere Hälfte.

Danach sah sie sich in Zürich nach der Pension einer netten Witwe um. Bald konnte sie als neue Adresse die Klausstraße 19, bei Witwe Elsa Lehner, melden. Als Beruf trug sie ein: Stud.art.

Zu dieser Zeit eröffnete die großherzoglich-sächsische Hofschauspielerin P. Wyon-Frieder die erste Kino-Schauspielschule. Ihr Anliegen war es, mit einer gründlichen Ausbildung von Filmtalenten den schlechten Sensationsfilm zu bekämpfen. Leny wollte die Beste an dieser Schule sein. Alle überflügeln. Ihr Bruder flog von Sieg zu Sieg, da wollte sie nicht nachstehen. Nebenbei ging sie mit der Dogge Cäsar in die Berge, schritt bergan, ausdauernd und leicht. Eine hinaufwehende Flaumfeder.

Sie begann, die sparsame Körpersprache der Eleonore Duse zu studieren. Diese konnte auf Masken und Requisiten verzichten, verließ sich nur auf ihr ausdrucksstarkes Gesicht, ihre Darstellungskraft und Gestik. Auch das amoralische Privatleben der Duse faszinierte sie. Das Spiel der Sarah Bernhardt war hingegen theatralisch. Leny verabscheute jetzt Schwulst, doch die Exaltiertheit der Sarah Bernhardt beeindruckte sie nach wie vor.

Nach einem Jahr schloss Leny die Schule ab. Die Jury lobte das stumme Spiel der Julie Helene. Sie war Klassenbeste.

Mein Sohn hat Kamelien überbringen lassen. «Und?», fragte er den Boten.

«Fräulein Julie Helene hat nach der Karte gesucht. Sie hat mich fragend angeschaut.»

«Hat sie mit den Mundwinkeln gezuckt?»

«Auch das. Nichts gesagt, nichts gefragt, nur gezuckt. Als wollte sie lächeln.»

Seit Leny in Zürich wohnte, erregte sie Aufsehen. Ihre Augen: Kirschen mit Glanzpunkten. Schuhe, Tasche, Handschuhe, Kappe: alles passend. Zu Stadtspaziergängen sah man sie in Begleitung ihres Bruders, des Frauenschwarms. Die Damen schickten kiloweise Liebesbriefe ans Casino, die meisten hat er nie geöffnet. Ihr Inhalt war immer derselbe: Die Schreibende hat eine Fotografie vom gefeierten Helden der Lüfte gesehen und wünschte, diesen jetzt persönlich kennenzulernen.

Hätten Sie die Güte, mir einige Minuten … bitte seien Sie so freundlich. Meine Umgebung findet meine Bitte kindisch und denkt ridicule von mir … Doch wenn Sie kommen wollten, fragen Sie bitte bei Papeterie Dändliker, Sonnenquai 16 (vis-à-vis Zwingli-Denkmal), nach Martha Bader, dem Mädchen von Frau Dändliker …

Auch Leny hatte Bewunderer. Die Geschwister erschienen miteinander zu Offiziersbällen und Galadiners. Ein beeindruckendes Paar, wie füreinander geschaffen. Es gab natürlich Spötter. Es gab auch Gerede, sogar das Gerücht einer Affäre. Die Phantasie trieb Blüten. Die Piloten und Anwärter mussten ungebunden bleiben, um in der Luftwaffe dienen zu können. Auf ihrem Tagesbefehl vom 15. August 1916 war vermerkt: *Poussieren und Karisieren von Flieger-Aspiranten mit Angestellten aus dem Casino ist verboten.* Aber die Phantasien konnte ihnen kein Tagesbefehl verbieten. Die Offiziere mussten um 23 Uhr zu Hause sein. Doch im Ausgang brauchten sie sich keine Rüpeleien gefallen lassen. *28. 08. 1916 (Montag): Hptm. Real appelliert an seine Off., sich in der Stadt im Falle eines tätlichen Angriffs oder Herumgestoßen werden nicht in einen Hausgang zu flüchten, sondern zu handeln («… zieht mal vom Leder»). Aber dann wird nicht halbe Arbeit getan, man geht zur rücksichtslosesten Offensive über und wenn auch einige liegen bleiben.*

Leny besaß jetzt eine Ausbildung zur Stummfilmschauspielerin. Sie wechselte das Zimmer und zog in die Seegartenstraße 10, in die frischeröffnete Pension von Frau Meierhans. Ersetzte die Nähmaschine, die sie im Ärmelkanal verloren hatte, durch eine neue derselben Marke und ließ diese Tag und Nacht rattern. Es entstand eine mondäne Garderobe. Sie besorgte sich Schminke. Mit schwarzem Stift malte sie die Mitte des Mundes rund und sparte dabei die Winkel aus. Dann ließ sie sich eine Frisur à la Garçonne schneiden.

Sie war bereit, entdeckt zu werden.

Mit Cäsar flanierte sie über die Bahnhofstraße, vorbei an Bankgebäuden, Modehäusern, Goldschmiedeateliers, Geschäften mit Schokolade, Uhren, Schuhen, Taschen. Frauen und Männer blieben stehen, um der Frau in Gesellschaft des mächtigen Hundes nachzusehen. Darunter ein gewisser Charles Decroix.

Sie schrieb der deutschen Freundin Gisela. «Liebe Schis, Du hast ja keine Ahnung, was inzwischen passiert ist.»

Für Charles Decroix, den großen Regisseur aus Frankreich, war Leny genau die Schauspielerin, die er an allen Theaterbühnen gesucht, aber nicht gefunden hatte. Zuvor hatte er schon Bernd Alder und Fern Andra entdeckt. Er machte diese zu den beliebtesten Filmstars des deutschen Kinos. Auch die Andra hat das Reiten ohne Sattel beherrscht, außerdem fuhr sie Auto und Bob und boxte, hatte eine griechische Nase und dunkle Augen. Leny besaß dieselbe Nase, dieselben ausdrucksvollen Augen und dasselbe griechische Profil. Auch sie zog Blicke auf sich.

Diese Frau erschien Decroix für jede Rolle geeignet, Unschuldslamm oder Luder, Kindfrau oder Dame. Leny hatte das Flair einer Diva. Er wollte mit dem Aufbau des Schweizerfilms beginnen. Die Viersprachigkeit des kleinen Landes hatte sich nachteilig auf die Filmproduktion ausgewirkt, es existierten keine nennenswerten Produktionsgesellschaften, daher fehlte es auch an ausgebildeten Kameraleuten und erfahrenen Filmschauspielern.

Die den Filmmarkt beherrschenden Länder Frankreich, Deutschland, Italien und Österreich hatten kein Rohmaterial für Filme, da es zu militärischen Zwecken benötigt wurde. Der Ruhm der französischen Filmgesellschaften war am Verglühen. In Deutschland musste das berühmte Muto-Glasatelier geschlossen werden, in dem Decroix bisher seine Humoresken drehen konnte. In der Schweiz schöpfte er Hoffnung. Warum sollte diese nicht zu den Großen der Filmbranche gehören? In Europa gab es eine Avantgarde des Stummfilms, sie ließ sich von der expressionistischen Malerei inspirieren. Auch vornehme Herrschaften sperrten Maul und Augen auf. Plötzlich gab es ein Interesse an kunstvollen Filmen. Zwar lehnten die Gebildeten in der Schweiz das Kino noch ab, sie fanden es geschmacklos, ein billiges Vergnügen für Arbeiter und Hauspersonal. Wegen des hochbrennbaren Nitrocellulosefilms und weil die Vorführer während des Abspulens rauchten, gingen Lichtspieltheater in Flammen auf. Und es gab eine Zensur. In Baden wurde das Kino ganz verboten. Doch die Kinematographen-Theater waren überall und immer bis auf den letzten Platz besetzt, und zwar nicht von sogenanntem Lumpenpack. Es kamen auch vornehme Leute aus der Gesellschaft.

Charles Decroix war von der Zukunft des Kinos überzeugt. Zu den wichtigen Utensilien gehörte nun ein großes, allgemein sichtbares Thermo- und Barometer, denn *die verrückten Filmfritzen schleppen ihre ungeschlachten Kurbelkasten jetzt öfter ins Freie.* Außenaufnahmen waren schon bald alltäglich. Decroix dachte ans unvergleichliche Panorama, das die Schweiz mit ihrer Berglandschaft zu bieten hatte. Dem klar abgegrenzten Licht in der Höhe. Fast wie in Hollywood, mit dem ewigen Schönwetter, wohin bedeutende europäische Regisseure wie William Fox, Samuel Goldwyn und Adolph Zukor gezogen waren. Decroix pfiff auf Hollywood. Er plante, die Schweiz zu seiner Traumfabrik zu machen.

Er ließ Fotografen ins Studio kommen und stellte ihnen seinen neuen Star vor. Sie dirigierten Leny in Positur, leuchteten sie gut aus und machten eine Aufnahme nach der anderen. Die Frau kam von jeder Seite gut aufs Bild. Makellos ihr Gesicht.

Vollkommen ihre Figur. Perfekt ihre Haltung. Es musste nicht einmal viel retuschiert werden. Die Augen glänzten, der Mund war voll, die Brauenbögen wölbten sich gleichmäßig, und die Wimpern waren mit Tusche geschwärzt. Zwischendurch wechselte sie ihre Kleidung. Sie trat immer ausgesucht und elegant vor die Kamera, trug den passenden Hut oder ein apart geschlungenes Tuch oder eine Strickkappe. Sie ließ einige Locken von dunklem Haar erkennen, zeigte eine Kette oder Ohrschmuck in Tropfenform. Sie lächelte nicht, zuckte nur gerade mit den Mundwinkeln. Und verharrte dann still.

Das vollkommene Bild. Eine Serie Bilder. Eines besser als das andere.

Mit Weichzeichnung verliehen die Fotografen ihrem Sujet etwas Flockiges, Pudriges, Engelhaftes, im Gegensatz zur strammen Pose, die sie den Star einnehmen ließen. Der Widerspruch von Unschuld und Knabenhaftigkeit gefiel allen. Eine aufreizende Mischung. Der neue Star von Decroix hat etwas Magisches. Leny Bider ist einer Sarah Bernhardt würdig, zu deren Füßen hat auch immer ein großer Hund gekuscht. Die Fotografen fanden Leny noch eine Spur aparter. Sie ist verführerisch, gleichzeitig unterkühlt. Ein sehr anziehender kindlicher Eishauch. Er macht Betrachter schwach vor Verlangen. Dies ist der Reiz der neuen Diva von Decroix. Das lässt sich verkaufen. In Großformat. Dazu bester Karton, Ripsoberfläche und Goldrand.

Man werde ihnen diese Bilder aus den Händen reißen, fanden die Fotografen. Ihr Werk kann als Titelbild für «Die Dame» oder die «Elegante Welt» verwendet werden.

18

Leny überbrückte die Zeit bis zu ihrem ersten Film mit dem Verkauf von Mode. Ihr Kleiderstil, ihre Ideen und ihr Chic fielen schon immer auf. Seit ihrer Schulzeit beschäftigte sie sich mit Entwerfen und Anfertigen von Kleidern. Nähte zuerst für sich, weil sie nichts anzuziehen hatte, danach für die Freundinnen, weil die auch nichts anzuziehen hatten. Sie modellierte die dazu passenden Hüte. Sie hat nie aufgehört, zu nähen und zu modellieren. Auf ihren Reisen ließ sie mit dem Gepäck auch die Singer-Nähmaschine und die Hutschablonen nachfolgen.

Sie nennt ihr Geschäft «Lenys Modeatelier». Sie wählt dafür die nobelste Adresse von Zürich, die Bahnhofstraße. Auch im Krieg bummelt man über diese Straße. Da besonders, wo man so viel vermisst. Da hat man das Bedürfnis, über diese Straße mit seinen berühmten Geschäften zu spazieren und unerschwingliche Dinge anzusehen. Nur um zu wissen, was man sich später an Wunderbarem kaufen wird. Nach dem Krieg, wenn es aufwärtsgeht, wenn es Arbeit gibt. Wenn Notengeld einen Wert hat und nicht nur Klosettpapier ist.

Einziger Nachteil: Die Tür zu «Lenys Modeatelier» lag nicht direkt an der Bahnhofstraße, sondern auf der Rückseite des Geschäftshauses. Die Kundschaft musste sich in einem dunklen Treppenhaus fünf Stockwerke hinauf zur Mansarde quälen.

Nach drei Monaten wurde ihr Geschäft aufgelöst. Die Dreharbeiten zu «Frühlingsmanöver» begannen. Der Film hatte Vorrang.

Lenys erster Stummfilm dauerte eine Viertelstunde. Die übliche Zeit in den an Filmmaterial knappen Jahren. In der Humoreske dringen Offiziere in ein Mädchenpensionat ein und die Mädchen tauschen ihr Nachthemd mit der Uniform. Sie entdecken die belustigende Wirkung dieses Kleidungsstücks.

Kein großes, aber ein heiteres Stück. Es gibt ein Durcheinander und Missverständnisse und ein Happy End.

Der Film war Leny auf den Leib geschrieben. Die Langeweile munterer Mädchen im Institut und die Turbulenz, die einbrechende Offiziere auslösen, das hätte im Clos du Matin spielen können. Die Elevinnen warteten dort ja auch auf ein interessanteres Ereignis als nur Schule, Essen, Trotten im Krokodil, sich in den Schlaf Weinen, und am Sonntag über eine Eingebung fürs Tagebuch Nachgrübeln.

Leny rief sich Einzelheiten für «Frühlingsmanöver» in Erinnerung.

Alle Mädchen sitzen da wie faule Äpfel. Alle brüten über den Tagebüchern. Überall werden die Stifte bis aufs Blei gekaut. Wären wir doch schon beim Teufel, da gäb's doch wenigstens einige Abwechslung.

Dienstag: *Frieda Fialkowska verlässt heimlich das Pensionat.*

Mittwoch: *Oh, wenn ich doch nur nicht in diesem Affenkasten drin wäre.*

Donnerstag: *Immer noch Clos du Matin.*

Freitag: *Zum Kotzen langweilig.*

Samstag: *Nicht mehr ganz vier Monate, dann geht's fort.*

Leny sprach darüber mit Charles Decroix, vermutlich war sogar sie es, die ihm die Idee für diesen Pensionatsfilm lieferte. Sicher aber arbeitete sie am Drehbuch mit. Das fiel ihr leicht bei ihrer Bildung, die wohl die der meisten Theaterschauspieler am Filmset übertraf. Als Franzose begrüßte Charles Decroix das deutsche Skript von Leny. Er hatte schon einige ähnliche Kurzfilme gedreht, sie liefen als Begleitfilm. Fingerübungen. Als Ausländer musste Decroix in der Schweiz erst einmal ein Standbein finden, war froh, hier arbeiten zu können. Er plante größere Projekte. Vom ersten Film erwartete er nicht allzu viel. Er diente dazu, Leny als Schauspielerin einzuführen, um sie dann zum ersten Schweizer Star aufzubauen.

Frisches Blut sollte die alternden Diven Bernhardt und Duse ersetzen. Die Nebendarstellerinnen holte er von der Theaterbühne, sie waren gründlich geschult, hatten Erfahrung und übten verbissen den stummen Ausdruck von Gefühlen.

Leny übte nicht. Sie kam mit der Dogge Cäsar ins Studio gerauscht, trat vor die Kamera und legte los. Sie steigerte sich in ihrer Rolle von null auf tausend. Sie war einfach die gewünschte Figur.

Die private Vorpremiere von IRIS-Films war im Juni. Neben den Beteiligten waren auch das Territorial- und Platzkommando von Zürich und die Zensurkommission eingeladen. Der Armeestab unter General Wille zeigte sich über den Inhalt verärgert. Doch eine Filmzensur nach deutschem Muster lehnte die Kommission ab, da eine solche nicht mit dem Wesen eines freien Staates vereinbar sei. Bereits lief die Inseratenkampagne für ein *pikantes schweizerisches Militär-Lustspiel.*

Am 29. August 1917 fand die Premiere in Zürich im grandiosen Lichtspielpalast Orient Cinema am Bahnhofplatz statt. Zur Klaviermusik flimmerte Lenys Name über die Leinwand, gefolgt von aufspritzenden Tuschepunkten, zitternden Fadenschnipseln und prasselnden Körnern. Die Zuschauer prusteten los, als Leny im Waffenrock dahertänzelte.

Der Ärger nahm seinen Lauf. General Wille brandmarkte das Lustspiel öffentlich mit *gewaltigem Zorn.* Die Einschätzung der Armeeführung, dass dieser Film das Ehrenkleid und Kriegshandwerk verhöhne, wurde von der «Neuen Zürcher Zeitung» unterstützt. Auch Leser verfassten ätzende Kommentare. Es sei niedere Kunst. Wenn daneben noch Kriegsbilder das übrige Programm schmücken, sei das grotesk, um nicht zu sagen primitiv. Einzelne Stimmen wollten den Film verbieten lassen.

Nun stürmte das Publikum das Lichtspielhaus. Jeder wollte mit eigenen Augen die Beleidigung der unantastbaren Uniform sehen, und wie man sich lustig macht über General Willes preußischen Drill und seine geschnauzten Befehle. Die Zuschauer lehnten in den Klappsitzen und klopften sich auf die Schenkel. Endlich konnte ein jeder über dieses militärische Gehabe Tränen lachen. Man musste sich vor Uniformen und Stiefeln im Marschschritt nicht mehr fürchten. Und dies für den Preis von einem Kinoeintritt ab fünfzig Cents an Werktagen.

Jede Vorführung war ausverkauft. Der Film erlebte einen Triumph, der alle Beteiligten erstaunte, vor allem Regisseur Decroix. Der Zürcher IRIS-Direktor Joseph Lang bezeichnete den Streifen als einen seiner wichtigsten Filme in den Kriegsjahren. Die Spielzeit musste verlängert werden, und er wurde zum erfolgreichsten Film des Jahres 1917. LENY BIDER – der neue Name leuchtete von der Fassade des Lichtspielpalasts und den Litfaßsäulen.

Mein Sohn kaufte alle Zeitschriften, hörte sich um, schnitt Kritiken aus und klebte alles zu einem Kommentar zusammen. Den betete er mir beim Kochen, Putzen und Haarewaschen von seiner Zimmerwand herunter. «Die Hauptdarstellerin spielt mit Temperament. Sie hat Augen wie Flammen oder dann der Melancholie und eine bewegliche zarte Gestalt. Sie kann das Publikum zum Lachen bringen. Vor allem öffnet sie einen Einblick in die komplizierte kindliche Psyche einer Frau. Doch die Bider hat zu viel Biss, um eine Treuherzige zu spielen, ihr Lachen ist zu intelligent und ihr Geist zu vielfältig, um nur eine Figur in einer Humoreske von Charles Decroix zu sein. Leny Bider ist göttlich. Man müsste sie unserem Land erhalten können.»

Leny hat einige Vorstellungen besucht. Mein Sohn hat alle Vorstellungen besucht. Er holte Leny ab. Das heißt, er wartete in der Nähe von ihrem Logis. Und wenn sie dahergetänzelt kam, trat er auf sie zu. Wenn er Glück hatte, durfte er einen Regenschirm über sie halten. Wenn er Pech hatte, funkelten die Sterne, und sie rauschte an ihm vorbei. Wenn er weder Glück noch Pech hatte, schneite es. Er trat eine Schneise in den Neuschnee, damit sie nicht einsank mit ihren Stiefelchen. Sie stakste in diesem Geleise auf ihn zu, schaute ihn kurz an, zuckte mit den Mundwinkeln, wischte ihm eine Flocke vom Pomadehaar und rannte im Schneegeleise fort. Auf der vordersten Klappstuhlreihe warf mein Sohn sich der Leinwand-Leny zu Füßen. Wie ihr Hund. Froh, sie zu sehen. Unglücklich, wenn der Film zu Ende war und die Lichter angingen.

Die Verwandtschaft hat sich nicht über den zwiespältigen Ruhm des Namens Bider gefreut. Oskar galt als Held, und seine Schwester hüpfte als Vedette durch ein mittelmäßiges Filmchen. Wenn Oskar die Familie in Langenbruck besuchte, redeten sie nicht über den Film von Leny. Die Cousinen hatten den Streifen gesehen, doch sie getrauten den Besuch des Lichtspieltheaters nicht einzugestehen. Die Militärkameraden und Pilotenschüler fanden den Film der Schwester von Oskar Bider köstlich und waren über die Reaktion von General Wille im Bild. Genau die angeprangerte Respektlosigkeit empfanden sie als «Salz und Pfeffer dieses Films».

Die hohen Herren Offiziere haben ihren Oberleutnant Bider geschont. Er ist nicht seiner Schwester Hüter. Oskars lange Liste von Erfolgen hat auch seine Schwester geschützt, er war zu wichtig. Ihm selbst musste General Wille einige Flugunfälle wegen *Kneipens bis 3h Nachts* nachsehen, während seine Kameraden für dasselbe Vergehen aus der Armee ausgeschlossen wurden. Wie Leny zu solchen Eskapaden von Oskar stand, darüber hat sie nichts in ihrem Tagebuch vermerkt. Auch was Oskar zu ihrem skandalösen Film meinte, ist nicht bekannt. Vermutlich fand er alles amüsant. Das kleine unbändige Fohlen. Und großes Kino.

Die Geschwister waren wie Pech und Schwefel. Leny hat sich auf den Bruder verlassen, Oskar auf seine Schwester. Wie immer hat er Leny zu den Offiziersbällen und Galadiners begleitet, wie immer zeigten sie sich in der Stadt.

Leny beklagte sich bei der Cousine, dass manche Leute die Straßenseite wechseln, um nicht das Schauspielluder kreuzen zu müssen. Leny übersah auch nicht, dass die beiden Pastoren in der Verwandtschaft den Verkehr mit Oskar aufrechterhielten, mit ihr jedoch abbrachen. In ihren Predigten warnten sie vor den illusionären Traumwelten des Kinos – sie waren der Meinung, die lasziven Stummfilmdiven stellten eine Gefahr für die guten Sitten dar. Mit Eingaben und öffentlichen Debatten hatten sie das verderbliche Kinofieber der Schuljugend angeprangert, bis sie schließlich erreichten, dass Kinder unter fünf Jahren nicht mehr ins Kino durften. Lenys Film sahen sie nie. Sie sahen niemals Filme. Weder den von Leny noch einen anderen. Sie hatten aber in der Zeitung die üble Kritik gelesen. Dieser Film sei unterstes Niveau, eine Schande für unser Land, den Eintritt nicht wert. Der ausländische Regisseur zieht unsere geistige Landesverteidigung in den Schmutz.

Die Cousinen fanden, dass Leny es weit gebracht hat. Die Pastoren blieben bei ihrem Urteil. «Leny hat es nicht weiter als auf ein Leinenstoffstück gebracht.»

Regisseur Charles Decroix erhielt Publikumsapplaus, Strafmandate, Blumen und Vorführbefehle. Schließlich wurde er des außerdienstlichen Gebrauchs von Ordonnanzuniformen angeklagt und in Gewahrsam genommen. Als Angehöriger eines fremden Staates sollte er bis zum Kriegsende interniert werden. Nach diesem Urteil erlebte sein Film einen neuen Erfolg. Noch mehr Zuschauer saßen in den Lichtspieltheatern. Man musste den Streifen sehen! Es war ein Muss.

19

Leny, der Star, hat sich im Hotel Bellevue au Lac einquartiert. Dort wohnen Künstler für die Dauer ihres Gastspiels. Leny hat ja schon immer die Nähe von Schauspielern, Sängern und Musikern gesucht. In einer schrillen Gesellschaft fühlte sie sich wohl, sie bewunderte Phantasten, Abenteurer, Selbstverliebte und deren Auftritte, Dramen, Inszenierungen, Geheimnisse und Intrigen.

Dieses Hotel ist wie eine Bühne mit herrlichen Kulissen, jeden Tag gibt es dort Theater.

Auch mein Sohn hat nun im Bellevue au Lac verkehrt. Eine neue Welt für ihn, diese Empfangshalle mit Messing und Marmor und einem im Luftzug klirrenden Lüster. Gegen Abend, wenn die Gäste von ihrem Stadtbummel zurückkehrten und die Künstler zur Vorstellung aufbrachen, ließ mein Sohn sich in einen Klubsessel fallen und las, wie andere Herren, jede verfügbare Zeitung. Alle paar Minuten zerrte er sein Haar nach hinten, damit es glatt anliege.

Er mochte diesen Ort. Für ihn war das Bellevue dasselbe wie für mich mein Monte Carlo. Der Mensch braucht einen Ort, von dem er träumen kann.

Mein Sohn beobachtete das Kommen und Gehen. Herren warteten beim Aperitif auf ihre Dame, und wenn sie dann erschien, führten sie diese am Ellbogen ins Restaurant. Auch er wartete auf eine Dame. Irgendwann kam Leny atemlos von einem Spaziergang, einem Tennismatch oder einer Einkaufstour und ließ sich in einen Klubsessel fallen. Mein Sohn sprang auf und überreichte ihr eine Frauenzeitschrift. Sie nahm sie entgegen, zuckend mit den Mundwinkeln. Nie forderte sie ihn auf, sich zu ihr zu setzen oder am Ellbogen ins Restaurant zu führen. Nie fragte sie, ob die Kamelien von ihm seien? Er stand einen kurzen Augenblick vor ihr, ratlos und panisch, schleuderte das Haar in den Nacken und kehrte zu seinem Klubsessel, seiner Zeitung und seinem erkalteten Kaffee zurück.

«In einem Leben verläuft nie alles glatt», habe ich zu ihm gesagt. «Nie. Dinge ändern sich, ändern sich immerzu. Leny ist jung, du bist jung. Ihr habt Zeit.»

Mit der Tochter von Bankier Guhl, dem Hauptaktionär des Hotels, freundete sich Leny sofort an. Sie fuhren zusammen ins Berner Oberland in die Ferien und erkundeten das Gelände für den zweiten Spielfilm von Leny, der in den Bergen gedreht werden sollte. Die kleine Guhl war fünfzehn. Sie schwärmte für Oskar und schrieb ihm lange Briefe. Oskar fand sie nett. Zurück in Zürich, arrangierte Leny zwischen ihrem Bruder und dem Mädchen ein Treffen. Sie besuchten zu dritt einen Offiziersball.

Auch mein Sohn ging zu diesem Ball. Natürlich. Wenn in Zürich die Orchester erklingen, in Nächten, die lau und voller Sterne sind, da wirft er einen Seidenschal über seinen Frack, eilt in die Nacht hinaus und stellt sich vor die Fenstergalerie eines gleißenden Ballsaals, um Leny tanzen zu sehen.

Er starrt nicht nur auf Leinwände, er schaut auch durch Fenster. Ein Voyeur, mein Sohn. Er stellt sich vor, dass er es ist, der mit ihr tanzt. Er malt sich das aus. In allen Farben. Nach dem allerletzten Tanz rauscht sie an ihm vorbei. Sie sieht ihn nicht. Wie sollte sie einen sehen, der träumend an einer Säule lehnt? Über dessen Beine sie wegsteigen muss. Den sieht man nicht.

«Schön, du warst beim Ball.» Was sollte ich sonst zu meinem Herrn Sohn in Gala sagen? Ich tunkte mein Brot in der Tasse. Er legte den Zylinder auf meinen Frühstückstisch und sank auf den Stuhl. Bis zum Morgengrauen war er vor dem Bellevue auf und ab gegangen, längst war Leny im Bett. Die Thiersteinerallee fiel mir ein. Wie mein Bub dort zwischen Jakobs Söhnen unter den Tisch sinken wollte. Inzwischen war ein Jahrzehnt vergangen und nichts hatte sich geändert, nichts. Mein Sohn verknäuelte sich noch immer. Wie alle Mütter wünschte ich ihn mir selbstsicher, zuversichtlich und stark. Fähig, sich sein Kuchenstück im Leben zu erkämpfen. Doch worin bestand denn sein Kuchenstück? Im Begehren statt im Besitzen? Im Zuschauen und Träumen statt im Zupacken?

Ich ließ die Faust auf den Tisch fallen. Das Geschirr hüpfte auf. Mein Sohn erschrak. Er fasste mich um die Schultern und lehnte sein Gesicht an meinen Nacken. Es war ganz heiß. Und ich begann zu weinen.

Plötzlich tauchte dieser Jucker auf. Kraft irgendwelcher Privilegien zählte seine Familie zu den wichtigen der Stadt Zürich. Oskar kannte Ernst Jucker vom Militär, auch der war Offizier der Kavallerie.

Bei der ersten Begegnung lehnte Leny die Begleitung von Ernst Jucker ab. Aber sie zauberte eine Visitenkarte in seine Hand und flüsterte: «Sie dürfen mir schreiben.»

Er schrieb ihr – lud sie zu einem Reitturnier. Jucker sammelte dort Kokarden, um sie an seine Stalltür zu nageln. Diesmal nahm sie die Einladung an. Sie schaute dem Pferderennen zu. Aber sie wollte nicht ausreiten. Es litt sie nicht im Damensattel – in einem ihrer Filme reitet sie zum Erstaunen des Publikums wie ein Mann.

Ernst Jucker machte ihr einen Heiratsantrag. Er wollte sie aus diesem Filmmilieu holen, ihr seinen Namen geben und zu einer anständigen, achtbaren Frau machen, einer Dame der Gesellschaft von Zürich. Man würde das muntere, uniformierte Lenchen vergessen.

Leny ließ den Zwicker in die hohle Hand fallen und hob die Brauen. Eine Antwort gab sie nicht.

Bruder Oskar kam oft ins Bellevue. Von Dübendorf nach Zürich ist es ein Katzensprung, und er besaß ja das Automobil seines Vaters. Er bändelte mit Fräulein Guhl an. Seiner Schwester brachte er kleine Geschenke mit, sie vermerkt es in ihrem Tagebuch: einen Stoff, Pralinen, ein Paar Handschuhe, eine Hutnadel, eine Duftseife, eine Süßwasserperle. Einmal eine Vase für die Kamelien, einmal eine Topfpflanze aus Afrika, die ihre dunklen Blattzungen ins Licht ihres Fensters reckte. Oskar nahm gern Erde zwischen die Finger und atmete den Geruch. Er war nicht nur ein Tüftler, der mit seinem Flugapparat und seinem technischen Verstand das scheinbar Unmögliche schaffte, er war auch ein Bauer.

Manchmal ärgerte sie sich über ihn. Sie konnte nicht verstehen, dass er sich vom Vater der kleinen Guhl so abweisend behandeln ließ. Manchmal folterte Oskar seine Schwester mit Schweigen. Am nächsten Tag war alles vergessen.

Doch auch Oskar ärgerte sich über Leny. Sie war wankelmütig, wollte ausgehen, wollte nicht ausgehen oder nur, wenn sie den Fuß nicht vors Bellevue setzen müsste, oder nur, wenn seine Fliegerfreunde nicht mitkämen. Laut lachend wischte Oskar mit seiner Bauernpranke durch die Luft, und sie machte sich zum Ausgang mit den Fliegerfreunden hübsch.

Hinter den großen Fenstern des Hotels waren die Geschwister ausgestellt. Sie drehten beim Dinieren den Rücken zur Straßenseite – sie wussten, dass fremde Leute durch die Scheiben spähten, um zu erfahren, welche Speisen die Biders auffahren lassen in einer Zeit, da andere hungern. Sie wussten, dass die Leute mit eigenen Augen die Harmonie eines sündigen Paars sehen wollten.

Und morgen wird es dann heißen, Leny hätte in einer Aufwallung verstohlen nach den Fingern von Oskar gefasst. Er hätte mit einer Ecke der Menükarte ihren pendelnden Ohrschmuck berührt. Er hätte bezahlt. Mit großer Note. Dazu bekäme er vom Bund das ungeheure Salär. Damit er mit seiner Schwester im Bellevue dinieren kann.

Die Geschwister kannten das Gerede. Es kümmerte sie wenig.

In ihrem zweiten Film, «Der Bergführer», spielte Leny unter dem Künstlernamen Leny Harold. Ursprünglich plante Decroix, sie auf ihrer Stummfilmkarriere zum Höhepunkt zu begleiten, aber nach der Verurteilung für seinen Film «Frühlingsmanöver» war er zur Untätigkeit verurteilt. Als Ausländer durfte er keine Arbeit annehmen und musste das Kriegsende abwarten.

Der neue Streifen sollte ein schweizerischer Film werden und die Schönheit des Landes zur Geltung bringen. Der einundzwanzigjährige Eduard Bienz übernahm die Regie, ein Mann ohne Erfahrung. Immerhin kannte er Leny, im ersten Film waren sie gemeinsam aufgetreten. Er wusste, dass sie am Drehbuch mitgearbeitet hatte und er sich auf ihre Fähigkeiten verlassen konnte. Leny kundschaftete die Drehorte aus. In Kandersteg erprobte sie die Ausrüstung an den Felsen, langweilte sich aber nach einer Woche und bat Offizier Ramp, einen Freund ihres Bruders, zu kommen. Er kam mit dem nächsten Zug.

Leny musste nur pfeifen, und die Herren kamen.

Die Produktionsgesellschaft wünschte von Aufnahmeoperateur Lips und Regisseur Bienz schöne Naturbilder. Leny markierte alle Standorte für die Kamera auf einer Karte und führte die Filmequipe nach Basel in einen Park, nach Langenbruck an den Bachthalenweiher und in die Berge. Dem KINEMA gab sie bekannt, dass die «große Schneesache» auf der Jungfrau stattfinde.

Die Schweizer Express-Film trommelte ihre Schauspieler und Schauspielerinnen zusammen. Sie kannten einander, denn sie spielten zusammen am Theater. Alle wollten die Hauptrolle. Leny Bider traf als Letzte bei der Produktionsgesellschaft ein. Sie kam in Begleitung von Cäsar. Ihre Aufmachung war nicht geeignet, durch die Pfützen des Industrievororts zu trippeln, noch weniger zum Schleppen von Filmausrüstung und zum Reisen mit der Eisenbahn. Die Stimmung war angespannt.

Bienz stellte sie als Leny Harold vor, seine Hauptdarstellerin.

Die Schauspieler fuhren auf, da sie begriffen, dass sie nur für die Nebenrollen vorgesehen waren, während eine Geliebte vom Boss der Produktionsgesellschaft die Hauptrolle spielte, eine Person ohne Bühnenerfahrung, die wohl noch nie einen Berg aus der Nähe gesehen hatte. Sie berieten sich miteinander, ob sie nicht besser aussteigen sollten. Bienz überredete sie zum Bleiben.

Die Truppe stand. Die Schauspieler behandelten Leny aber wie ein Flittchen, das sich seine Hauptrollen im Bett des Produktionsbosses erkauft.

Am Aufnahmeort verwandelte sich Leny Harold vor den Augen der Truppe, zwängte die Füße in eisenbeschlagene Bergschuhe, tauchte ihre Glieder eines Vögelchens in schweres Wollzeug, warf sich einen Rucksack auf den Rücken, packte Aufnahmegeräte und zog mit langen Berglerschritten den Steilhang hinauf. Bienz und seine Truppe keuchten hinterher.

Mein ganzes Taschentuch hatte ich im Mund und erstickte fast vor Lachen.

Die meisten Aufnahmen wurden im Berner Oberland gedreht, aber die Filmtruppe schleppte ihre Geräte auch aufs Jungfraujoch, um die legendären Schlittenhunde von Roald Amundsen aus Grönland bei der Bergung zu zeigen. Diese Hunde wurden während des Bahnbaus angeschafft, um im

Winter die Güter von Wengen zu den Arbeitern auf dem Eigergletscher zu bringen.

Es lief nicht alles glatt, ließ später die Truppe durchsickern. Einige litten am Bergfieber, Operateur Lips sei auf der Terrasse des Restaurants ausgeglitten und über eine hundertfünfzig Meter hohe Schneewand auf den Firn hinuntergekugelt. Trotz einiger Quetschungen und Verrenkungen konnten die Aufnahmen fortgeführt werden.

Auf dem Eigergletscher tauchte Leny zur Verwunderung der Truppe in Hosen und mit Skiern auf. Während sich die Nebendarstellerin auf dem Schlitten von den Samojeden ziehen ließ, machte Leny Stemmbögen. Bienz habe sich in den Schnee gesetzt und Leny die Szene erklärt. Laut Drehbuch fährt sie mit dem Schlitten und trägt Rock. Die Filmrolle sieht ein Benehmen vor, wie es sich für Frauen geziemt.

Er nahm eine so traurige Miene an, dass ich herausplatzte mit meinem schon so lange zurückgehaltenen Lachen.

Sie hätte sich auf dem Gletscher vor all den Arbeitern umziehen müssen. Eine Nebendarstellerin klopfte Bienz auf den Rücken und sagte: «Die Harold fügt dem Drehbuch Neues hinzu, nur um zu zeigen, wie geschickt sie ist. Man meint ihre Nummern zu kennen. Aber im Zermürben ist ihr Repertoire unerschöpflich.»

Nebelschwaden zogen herauf. Man drehte weiter. Leny in Hosen und auf Skiern.

Für Bienz war die Dreharbeit mit Leny schwierig. Sie überhörte die Anweisungen der Regie, denn sie fand die Gesten aus dem «Handbuch der Bühnenposen» übertrieben. Wie könne sie Verzweiflung ausdrücken, indem sie die Haare raufe und dazu vor- und zurückwanke? Wie könne Bienz erwarten, dass eine Berglerin sich in den Damensattel setzt? Dass sie sich vom Pferd herunterhelfen lässt?

Sie schwang ihr Bein über den Pferderücken und galoppierte mit dem Schimmel davon, kehrte zurück und hüpfte vom Pferd. Bis ihr ungeschickter Filmliebhaber seinen Fuß aus dem Steigbügel gezwängt und seine Finger aus dem Halfter genestelt hatte, damit er endlich um den Pferdekopf herumstolpern und seiner Filmgeliebten aus dem Sattel helfen konnte, hatte diese ihren Schimmel längst aus dem Fokus der Kamera geführt.

20

Ein ausländischer Radiosender fasst die Ereignisse der letzten Tage in der Schweiz zusammen. «Vor sechsunddreißig Stunden ist der Aviatiker Oskar Bider abgestürzt. Gestern Nachmittag schied seine Schwester Julie Helene Bider, alias Leny Harold, aus dem Leben. Beide sollen noch diese Woche in ihrem Heimatdorf Langenbruck im Kanton Baselland beigesetzt werden. Das ganze Schweizervolk nimmt Anteil. In den Nachbarländern vernehmen Piloten die Meldung aus ihren knarzenden Kopfhörern. Auch dort hat man Bider bewundert. Auch dort ist man bestürzt.»

Der Sender überträgt den Bericht von Divisionär Rihner über den für das ganze Schweizervolk unfassbaren Absturz: *Bider ließ sich von sogenannten guten Freunden einladen, vor der Abreise mit ihnen einen fröhlichen Abend zu verbringen. Das war an und für sich nichts Schlimmes, aber Bider ließ sich leider dazu überreden, noch vor der Abreise eine Demonstration seines Könnens zu offerieren. Bider, der sonst so Beherrschte, der immer genau zwischen Pflicht und Amüsement zu unterscheiden wusste, der sich bis anhin nie hatte dazu verleiten lassen, in nicht ganz nüchternem Zustand zu fliegen, der immer mit dem guten Beispiel korrekter Pflichterfüllung vorangegangen war, ließ sich dazu verleiten, am frühen Morgen des 7. Juli 1919 diese Akrobatik-Demonstration durchzuführen, die ihn sein Leben kosten musste. Viel Ungereimtes ist damals herumgeboten worden, schlicht und einfach ist leider die Tatsache, dass unser verehrter Meister, der weltberühmte Pyrenäen- und Alpenbezwinger, unser vorbildlicher Freund und Kamerad, durch ein kurzes persönliches Versagen sein junges Leben verloren hat.*

Im Dorf Langenbruck laufen die Vorbereitungen für die Trauerfeier. Die ersten Kränze treffen ein, die Blechmusik des Dorfs übt für die Beerdigung. Die Bläser sind vollzählig erschienen, jeder hat das Geschwisterpaar gekannt. Diese Beerdigung wird vielleicht der wichtigste Anlass in der Geschichte ihres Vereins. Man spielt zum Abschied von einem Nationalhelden.

Der Trauerzug soll von den Kränzen angeführt werden, dann folgen die Särge, dahinter die Verwandten und hohe Offiziere. Dann kommt die Musik vor der Basler Regierung und dem Trauervolk, danach ein Regimentsspiel, und den Schluss bildet eine Kompagnie Soldaten mit aufgepflanzten Bajonetten. Vielleicht nimmt ein Bundesrat teil.

Es sickert durch, dass der Anlass gefilmt werde. Der Film komme in alle Lichtspieltheater. Die Bläser halten eine verlängerte Probe für nötig. Gewöhnlich siegt am Ende einer Probe immer der Durst, am Vorabend der Trauerfeier siegt der Eifer. Schließlich erscheinen alle auf den Kopfblättern der Tagespresse und in der Illustrierten, vor allem aber auf dem Zelluloidstreifen der Lichtspieltheater. Als *ewiges Dokument für die ganze Menschheit.* Sie werden eine verewigte Blasmusik. In jeder Ecke des Landes werden die Musikanten auftauchen, auch die Kränze, die Flugstaffel, das Schwenken der Fahnen, das Abwischen der Tränen. Noch die Kinder und Kindeskinder werden diese Wochenschau sehen, erst *Die Friedensunterzeichnung in Versailles,* dann *Die Beisetzung des Schweizer Chef-Piloten BIDER.* Dann werden die Kinder und Kindeskinder auf einen der Bläser zeigen und sagen: «Dort ist mein Vater, mein Großvater. Er hat für den großen Aviatiker Oskar Bider gespielt.»

Der Sarg seiner Schwester Leny ist auch in dem Film zu sehen. Aber die Selbstmörderin wird nicht namentlich erwähnt. Bald wird die Welt Leny vergessen. Ihren Anteil an Oskars Siegen. Ihren Anteil an den Studien, Zeichnungen und Plänen für den Flugzeugbau, ihre riskanten Reisen in Kriegsgebiete, damit Oskar Bider in der Schweiz ein Flugzeug zu einem Kampfflugzeug umbauen konnte. Auch der Name Leny Harold geht vergessen. Ihre Filme, ihr hoffnungsvolles Talent. Man wird die junge Frau vergessen, rascher als der Wind die Wolken vertreibt.

Ich weiß nicht, wie viel Geld die IRIS-Films ausgegeben hat, um den Namen Leny Harold aufzubauen. Eine angemessene Summe, denke ich. LENY HAROLD. Schweizerin. Dreiundzwanzig Jahre alt. Ledig. Sternzeichen Skorpion. Zu sehen im Film «Der Bergführer». Es kostet eine Kleinigkeit, der Welt einen Namen einzuhämmern.

Die Schweizer Express-Film begann im Herbst 1917 mit der Werbung. Sie ließ verlauten, dass der Streifen unter schwierigen topographischen Verhältnissen *abgekurbelt* worden sei, auch unterschiedliche Lichteinwirkungen waren zu meistern. Doch nicht eine einzige Sequenz musste mehrfach gedreht werden.

Einblicke in die Entstehungsweise eines Films interessieren das Publikum. Das Filmjournal KINEMA hat das erkannt. Der Film wird als Naturdrama angekündigt. Er macht das verehrte Stadtpublikum mit dem Leben in den Bergen vertraut. Gipfel und Abgründe, Schönheit und Gefahr. Man hofft, der Film finde nach dem Krieg den Weg ins Ausland. Er wäre die ideale Werbung für Ferien in unseren Alpen, die Touristen würden in die Schweiz zurückkehren. Der Film zeichnet sich durch: *unerreicht schöne Photographien aus.* In solcher Schärfe, *wie wir sie in Filmen namhafter Firmen oft vermissen.* Die Szenen *stellen bewundernswürdige Sportleistungen dar.* Der Kinofotograf Konrad Lips hat außerordentliches Können bewiesen. Die Aufnahmen, *speziell in Schneeregionen, die für den Fachmann als etwas vom Schwersten sind, dürfen wohl ihresgleichen suchen.*

Die Uraufführung fand im Basler Lichtspieltheater Cardinal statt und war bis auf den letzten Platz besetzt. Ein Filmoperateur mit Ärmelschonern und Zigarette im Mundwinkel saß am Vorführgerät und war bereit, tausendvierhundert Meter Zelluloid von seinen Spulen laufen zu lassen. Das Orchester stimmte die Instrumente, das Publikum fächelte sich mit dem Programmheft Kühlung zu. Hutfedern wippten und Taschenuhren wurden herausgezogen. Endlich verdunkelte sich der Raum, Kapellmeister Max Woche ließ das Orchester eine Ouvertüre spielen, und der Film begann.

Erster Akt: Das frische Schweizermädchen schreitet ins Bild und fordert zwei Rivalen heraus.

Zweiter Akt: Der Berg bestraft den leichtsinnigen Liebhaber.

Dritter Akt: Die Alleingelassene bestraft den Rivalen des verschwundenen Liebhabers.

Vierter Akt: Der Berg gibt den Toten frei, stellt Gerechtigkeit her und verurteilt die Frau, mit ihrer Schuld zu leben. Sie sinkt vor dem Kreuz in die Knie.

Doch dazwischen passiert der Kuss. Plötzlich packt Leny Harold ihren Filmgeliebten am Kragenaufschlag und drückt ihre Lippen auf seinen Mund.

Den Zuschauern verschlägt es den Atem. In den Lichtspieltheatern zeigen sie viel: Revolverhelden, Verbrechen, Betrug, Kokotten. Sie führen dem Publikum die ganze Palette menschlicher Niedertracht vor Augen. Doch dieser Kuss überbietet alles. Es ist die ungehörigste und schamloseste Szene, die man zurzeit in einem Film erleben kann. Das Publikum ist begeistert. Nur zwei ältere Damen schlagen zeternd mit dem Schirm auf die vorderen Sessel ein. Sie werden von anderen Besuchern niedergezischt.

Der Film dauert siebzig Minuten. Nach jedem Akt wird heftig applaudiert, die Leute weinen. Am Ende erfüllt endloses Klatschen das Cardinal. Aufgewühlt verlassen die Besucher das Theater, beim Eingang stehen sie noch eine Weile vor den Fotografien der Schauspieler und drängeln sich vor dem Plakat mit dem schwarzen Kussmund von Leny Harold.

Die Kritik äußerte sich positiv, aber zurückhaltend. Hier sei ein Drama mit den optischen Reizen der Hochalpen verknüpft, ein *Nationalstück* im wahrsten Sinne des Worts. Es schlage *eine Richtung ein, die jedenfalls maßgeblich werden muss, wenn das Kino der Zukunft nicht nur für das Volk, sondern auch für die gebildeten Stände ein Aufenthaltsort werden soll, ohne jedoch die jetzigen Besucher davon fernzuhalten* … Das Neue bei diesem Film sei, *nicht nur ein Drama zu kurbeln oder eine schöne Gegend vorzuführen, sondern beides miteinander in feinsinniger Weise zu vereinen … Die Handlungen, die prächtigen Hintergründe unserer unvergleichlichen schönen Hochalpen sollen sich zu einem gediegenen Bilde vereinen.*

Auch Kritik wurde laut. Ein Leserbrief meinte, dieses Filmprodukt sei trotz guter Absicht gescheitert, der Film weise Fehler auf und widerlege die Auffassung nicht, dass das Kino *eine Stätte niederer und demoralisierender Eindrücke* sei.

Diesem Leserbrief entgegnet die Zeitschrift KINEMA: *Wo im «Bergführer» kommt ein Mord oder Totschlag vor? Wo kommt in diesem prächtigen Drama irgendeine mondäne, unsittliche Leichtlebigkeit, eine Kokottenwirtschaft etc. vor? Wo also etwas Demoralisierendes? Nichts von alldem, im Gegenteil, das von einem Basler geschriebene Szenario darf in jeder Beziehung als gut, gediegen und schön angesprochen werden … Nein, der «Bergführer» ist ein Schweizer Film par exellence.*

Die Schauspielleistung von Fräulein Leny Harold wurde vom Rezensenten Paul E. Eckel gelobt. *Sie entledigt sich ihrer Aufgabe ausgezeichnet. Sie spielt die Marie Egger, die moderne junge Hotelierstochter, sehr lebenswahr, und es ist schade – wir machen hier dem Film-Autor und Regisseur einen kleinen Vorwurf –, dass er sie als Interpretin der überhaupt einzigen hervortretenden Damenrolle nicht mehr mitwirken lässt, denn ihr Spiel ist graziös und uns in allen Szenen voll und ganz befriedigend. Wir hoffen, Fräulein Harold recht bald in einem neuen Stück, aber in stärkerer Rollenbesetzung zu sehen, in einem Drama, in dem sie uns ihr wirkliches Können noch besser zu zeigen vermag.*

Mein Sohn konnte den Lobreden an seiner Zimmerwand weitere Zeilen zufügen. «Leny Harold ist ihr eigenes Geschöpf. Man darf stolz auf diese Schweizerin sein. Ihre schauspielerische Leistung beweist, dass sie neben ihrer Wirkung auch das Handwerkszeug besitzt, um eine Größe, wenn nicht gar eine Diva weit über unser Land hinaus zu werden.»

Für das Publikum war sie einfach Leny Harold. Für die Pastoren in der Familie war sie der Schandfleck. Das Luder. Das Verhängnis des Mannes. Für Frauenzeitschriften verkörperte sie den Inbegriff der «neuen Frau». Jene, die Karten mischt. Jene, die sie gibt.

«Schwester» nannten sie Frauenrechtlerinnen. «Unsere Schwester hat in drei Frauenrollen das Publikum überzeugt. Ihr eigenwilliges Spiel brachte das Publikum zum Kochen. Zorn, Anbetung und Verachtung schlugen ihr entgegen. Es hat niemanden kaltgelassen. Störend jedoch wirkt die Grundhaltung dieses Werks. Während Jahrhunderten haben Geister unsere Berggegenden verunsichert. Jetzt kommt das Übel von den Frauen.»

In Zürich wurde der Langspielfilm im Eden gezeigt, mit derselben Wirkung. Die Filmmusik beginnt. Programmhefte und Hutfedern stehen still. Die Besucher verlieren sich in den Klappstühlen. Sind verblüfft über den Kuss, spenden Applaus, zerknüllen Taschentücher, haben nach der Aufführung gerötete Augen, bleiben noch eine Weile in der Wärme und im elektrischen Licht des Filmpalasts. Genießen den Plüsch, die Stuckverzierung der Decke, die geschwungenen Messinggeländer entlang der marmornen Treppenaufgänge und die Gegenwart livrierter Bediensteter. Auf dem dämpfenden Teppich schreiten sie die Fotogalerie der Schauspieler ab.

21

Ich habe Leny damals im Bellevue besucht. Das Zimmer mit dem weißen Mobiliar wirkte modern und luftig, im milchigen Licht der Voilevorhänge schienen sich die Konturen der Möbel aufzulösen. Sie mochte es, wie alles um sie herum sich auflöste, verflüchtigte. Bis auf die Topfpflanze aus Afrika. Bis auf Oskar und seinen Ohrschmuck. Wind trieb an diesem Nachmittag die ersten Schneeflocken ans Fenster. Ein frischer Strauß weißer Kamelien stand auf dem Tisch.

«Von Oskar», behauptete Leny. Sie sah mich an. Eine Schwindlerin. Ihr Bruder schickte ihr Kamelien, und ich sollte das glauben. Ich sollte denken, dass sie nicht von meinem Sohn sind. Dass es ihn in ihrem Leben gar nicht gibt, diesen Blumen schenkenden Sohn.

Eigentlich hatte ich mir vorgenommen, ihr von ihm zu erzählen. Dass er seinen Abschluss als Jurist machte, jetzt ein Doktor war, einer Frau etwas bieten und eine Familie ernähren könnte. Und dass er einen Traum hat. Wir beide haben denselben Traum.

Doch Leny legte den Finger auf den schwarzen Mund und schaute meine schwankende Hutkrempe an. Wir schwiegen. Es war für solche Geständnisse zu früh und für eine Verständigung zu spät. Es war wohl schon lange zu spät. Seit jener Fotografie, die Jakob von mir gemacht hat, als die Wahl auf das Pensionat im Clos du Matin fiel, um diesen Augenblick von Lenys Verzweiflung festzuhalten. Leny sah erschöpft und müde aus. Sie hatte die Schuhe abgestreift und die Füße unter den Rock gezogen. Die Ohrringe ihres Bruders pendelten. Manchmal rieb sie daran, wie um sich zu versichern, dass dieses Geschenk zum «Sieg über die Angst» noch da war.

Es hat genug Gründe gegeben, niedergeschlagen zu sein. Ihre gläubige protestantische Verwandtschaft schnitt Leny wegen ihrer Filmerei, nahm ihr auch übel, dass sie in der letzten Filmszene einen Kniefall vor einem katholischen Wegkreuz machte. Lenys Barvermögen schmolz wie Schnee an der Sonne. Alles kostete das Doppelte. Ein Sechstel der Bevölkerung lebte unter dem Existenzminimum. Die Soldaten erhielten keinen Sold, die Frauen mussten die Arbeit der Männer zum halben Lohn verrichten, und viele waren auf Lebensmittelnothilfe angewiesen. Doch das war nicht der Grund für Lenys schlechte Laune. Diese Dinge berührten sie nicht.

Sie trauerte wegen der Nackttänzerin, Mata Hari, die an diesem Morgen im Schloss Vincennes bei Paris von einem zwölfköpfigen Exekutionskommando hingerichtet worden war, wegen Doppelspionage und Hochverrat. Dazu soll sie intime Beziehungen zu französischen Fliegeroffizieren gehabt haben. Der Prozess hatte zwei Tage gedauert, das Urteil war durchgepeitscht worden. Leny hielt Mata Hari für unschuldig. Sie schien die Person gekannt zu haben. Sie meinte, sie sei zum Spielball verschiedener Geheimdienste geworden. Sie wusste zu viel über hochrangige Persönlichkeiten. Welche Chance habe denn eine Frau, die gescheit, verführerisch und phantasievoll ist, verschiedene Sprachen beherrscht, viele Reisen gemacht hat, mit wichtigen Leuten verkehrt und sich der Männer bedient?

«Keine, denke ich.»

«Nicht die geringste!»

Ich schwieg. Ich verglich Leny mit Mata Hari und erschrak über die Ähnlichkeit. Leny erzählte mir lang und breit über die angeblichen Fallen, in die Mata Hari getappt war. Ich wurde ganz konfus von Lenys Gerede und musste an Jakob denken und wie wenig ich noch immer über seine Prinzessin weiß, die sich für eine Spionin einsetzt, während man hier keine Lebensmittel bekam. Ich hatte Hunger. Und Leny grämte sich um eine Frau, die wegen Hochverrat erschossen worden war. Auch Mata Hari hatte angeblich ein Schiff bestiegen, das als Einziges den Weg durch Torpedos fand. Auch sie wechselte ständig die Aufenthaltsorte. Mir war ganz elend vor Hunger, ich kam mit meinen Lebensmittelkarten nicht zu Rande, während Leny sich unzählige Schwarzweißkleider, Five-o'clock-Teas und Auseinandersetzungen mit der Blanchisseuse eines Nobelhotels leistete, und Freundschaften zu Verräterinnen in Paris unterhielt.

Ich wollte gehen, da mit Leny nicht vernünftig zu reden war. Ehe ich mich mit dem Hut durch die Tür zwängen konnte, fing sie erneut von Mata Hari zu reden an. Sie sagte, dass diese sich die Augen nicht habe verbinden lassen – sie lächelte die Männer des Exekutionskommandos an und sagte einen Satz, den Leny nie mehr vergesse. Dieser Satz gehe ihr pausenlos durch den Kopf.

Sie wollte ihn nicht aussprechen, ihren Satz. Es sei zu früh. Ich würde ihn erfahren, zur gegebenen Zeit.

Leny umklammerte ihre kleine Tasche auf den Schenkeln. Vom Revolver in dieser Tasche wusste ich nichts. Oskar hatte seinen Besuch angekündigt. Er würde in seinen knarrenden

Stiefeln in ihrem Zimmer herumgehen, nach «Nuits de Paris» duften, ihr neues Corselet hochheben und einen Pfiff ausstoßen. Dann würde Leny in Gelächter ausbrechen. Und Mata Hari ist vergessen, samt ihrem Satz.

Oskar brachte oft auch seine Offizierskameraden mit ins Bellevue au Lac. Sie hofften, Oskars schöner Schwester zu begegnen. Das Nobelhaus war nicht nur ein Treffpunkt der gehobenen Gesellschaft und eine gute Adresse für wichtige Gespräche. Es war auch Ort für Geplänkel und Flirts, und natürlich nahmen hier auch private Katastrophen ihren Anfang. Geschichten begannen und endeten im Bellevue au Lac. Die Frau von Oberst de Loriol soll sich hier in Oskar Bider verliebt haben.

Er wurde von vielen Frauen verehrt, im Casino stapelten sich Stöße von Briefen, ein Teil war ungeöffnet. Die von Fräulein Guhl hatte er gelesen. Ihr Vater, der Bankier, war froh um die Gäste, die der berühmte Aviatiker ins Bellevue au Lac brachte, doch eine tiefere Bindung zu seiner minderjährigen Tochter lehnte er ab. Oskar sei verzweifelt gewesen. Doch dann ist eine junge Dame mit dem Namen Lou Schneider aufgetaucht. Er hatte nur noch Augen für sie. Auch Lou residierte im Bellevue. Ihr Vater war in Lausanne Apparatebauer, auf Rüstung spezialisiert und dann in den Elektrizitätsmarkt eingestiegen. Oskar lud die schöne Tochter des Rüstungsspezialisten zu einem Flug ein, anschließend ließ er sich mit ihr fotografieren. Mit ihrem Napoleondreispitz auf dem Kopf, dem taillierten Soldatenmantel und den Hochglanzstiefeln machte sie gute Figur neben Oberleutnant Bider. Weitere Avancen lehnte sie ab. *Ich danke Ihnen für Ihren lieben Brief. Ohne Ihnen weh tun zu wollen, muss ich Ihnen sagen, dass ich nicht glaube, Ihnen jemals Gelegenheit gegeben zu haben zu glauben, dass Sie mir mehr als lb. Bekannter waren, welchen Sie mir auch in Zukunft sein werden. Ein in dem Sinne angedeutetes gemütliches Zu-*

sammensein hätte deshalb keinen Zweck, als Ihnen weiter weh zu tun, was ich nicht beabsichtige.

Es heißt, Oskar hätte die Zurückweisung von Lou fast nicht verkraftet. Zuerst jene von Bankier Guhl, dann die von Lou. Ein Bändiger von Flugapparaten, ein Fliegerheld, Kommandant eines vom Volk bewunderten Geschwaders – als Verlobter nicht genehm.

Die Zurückweisung ereignete sich drei Wochen vor seinem Absturz. Seinem besten Freund Glauser soll Oskar anvertraut haben, er werde sich den Fliegertod geben. Oskar habe eine klare Vorstellung gehabt, wie er das bewerkstelligen könne, in welcher Höhe, mit welchem Flugmanöver es geschehen sollte. Im Bericht der Generalstabsabteilung ans Eidgenössische Militärdepartement gibt der Unterzeichnende Innenhauser die bei Fliegern herrschende Ansicht wieder, *dass Oberlieut. Bider heute noch leben würde, wenn Major Real Kommandant der Flieger-Abteilung geblieben wäre. Ich selbst stehe trotz dem Bericht der Militär-Justiz auf dem Standpunkt, dass an Bider nach durchwachter Nacht am frühen Morgen des Todestages kein Flugzeug hätte vom tech. Chef abgegeben werden dürfen, obgleich Bider nicht betrunken war. Dafür sprach schon der Zustand der Begleiter Biders, mit denen er in der Morgenfrühe in Dübendorf eintraf. Einer derselben wurde bekanntlich in Biders Zimmer gewiesen, wo er mit der Pistole die elektrischen Lampen herunterschoss. Heute habe ich genaue Kenntnis des Dramas und hindern mich keine Rücksichten auf andere mehr, Ihnen und dem hohen Bundesrate darüber Aufschluss zu geben.*

Oskar Bider hat Selbstmord begangen, weil ihn die Frau seines Chefs in der Generalstabs-Abteilung gefangen hatte, d. h. die Frau, von der sich Oberst de Loriol endlich vor kurzem scheiden ließ, weil sie mit einem anderen durchgegangen war.

Innenhauser habe den Beobachter-Instruktor Oberlieut. Glauser, Biders besten Freund, um Aufschluss ersucht und Folgendes erfahren: *Bider hing mit größter Verehrung an seiner verstorbenen Mutter, die eine fromme Frau war. Bider selbst war religiös gesinnt. Einige Male sagte er zu Glauser, seine Mutter habe ihm wiederholt gesagt, es wäre ihr lieber, ihn als Jüngling sterben zu sehen, als einmal zu erfahren, dass er vor seiner Verheiratung mit anderen Frauen Verkehr gehabt hätte.*

Sein Freund habe gestanden, dass sogar Frauen von Obersten sich ihm anbieten. Einige Zeit hätte Oskar aber der Versuchung von Frau Loriol widerstanden, doch dann sei es passiert.

Am Abend des Flugtags von Lausanne gelang es Frau Oberst de Loriol, Bider in ihre Netze zu fangen. Jetzt ist es geschehen, sagte er zu seinem Freund. Das leidenschaftliche Weib hielt ihn in ihrem Banne … Er sprach davon, Frau de Loriol solle sich scheiden lassen; dann wolle er sie heiraten, mit dem ihm verbliebenen Kapital am Genfersee ein Gütchen kaufen und Landwirtschaft treiben.

Bider habe das letzte Jahr als eine Anhäufung von Katastrophen erfahren, litt unter der Ehrlosigkeit, dachte an Fräulein Guhl und an seine Mutter. Und Lou begehrte er mehr denn zuvor.

Am Tage, an dem Bider sich abmelden wollte, um aus der Flugplatzdirektion auszuscheiden und zur Zivilaviatik überzutreten, zog er nach durchwachter Nacht die schönste Uniform an und gab sich den Fliegertod.

Frau de Loriol verlangte ein Post-Flugzeug, um nach Dübendorf zu fliegen. Major Isler sandte Befehl, ihr keines zu geben. Sie verstand es aber, den Flieger rechtzeitig abzufangen, landete in Dübendorf, warf sich auf die Leiche und führte eine solche Scene auf, dass man sie wegführen musste.

Nach Meinung der besten Freunde und nächsten Kameraden beherrschte Oskar das Fliegen wie kein anderer. In jeder Situation. Er ist an dem Morgen auch nicht betrunken gewesen, zumindest kaum merklich. Er und seine Maschine waren eins. In sieben Jahren konnte ihm nie ein Mangel an Verantwortung, Vernunft und Vorsicht vorgeworfen werden. Gut, er fuhr die Schulmaschine in den Krebsschüsselibach. Er machte eine Notlandung in Witikon. Kleine Zwischenfälle passieren jedem. Doch es hätte niemals zu Oskar gepasst, beim Ausscheiden aus der Armee zum Gaudi seiner Freunde sturzbetrunken einige kühne Flugkunstmanöver zu riskieren. Die Freunde können nicht an einen Unfall glauben. Obwohl dies die offizielle Meinung ist und die Presse es so schildert.

Jetzt, da die oberste Militärleitung das Militärbudget kürzt, liegt ein Fliegerheld vielleicht einfach nicht im Interesse des Generals. Dieser hat keine Ahnung, was mit der entlassenen «glänzendsten Pilotentruppe der Welt» geschehen soll, da nun auch im Ausland Tausende von Fliegerhelden und Flugzeuge frei geworden sind, die alle auf Einsatz und Arbeit warten. Die in die Schweiz kommen möchten, weil hier die Aviatik noch schwach entwickelt ist. Der Tod von Oskar Bider kam im ungelegensten Augenblick, und die Erklärung bringt die Armeeführung in ein Dilemma.

Es wurde kein Abschiedsbrief gefunden, das sei schade. Oskar musste wissen, dass er durch einen Unfall auch die Aviatik in der Schweiz gefährdet, alles, was er mühsam aufgebaut hat. Allmählich ist Vertrauen in die Flugapparate und die Fähigkeiten ihrer Piloten erwacht, jetzt hätte man mit einer letzten Anstrengung die Investoren und Banken davon überzeugen können, dass es sich lohnt, unser Land mit einem Netz von Flugpisten zu überziehen. Das Fliegen würde dadurch billiger, bequemer, sicherer, beliebter, vor allem gewinnbringender, da gleichzeitig mehrere Flugzeuge mit vielen Passagieren in der Luft wären.

Biders Tod ist ein Rückschlag für die Fliegerei. Im Volk muss man sich jetzt sagen, dass das Fliegen eben doch eine unzuverlässige Sache ist, wenn sogar ein Bider abstürzt. Es wirft die Entwicklung um ein Jahrzehnt zurück.

22

Wer übernimmt jetzt nach Lenys Tod die Dogge Cäsar? Wahrscheinlich ist sie bei Fräulein Guhl, wie schon so oft. Das Personal des Hotels ist angewiesen, das Gepäck und die Nähmaschine mit der Bahn nach Langenbruck zu befördern. Nach all den Übergangslösungen, Kurzaufenthalten und Zwischenstationen reisen die Schrankkoffer nun zurück zum Ausgangspunkt. Ihr Leder ist beklebt mit bunten Etiketten, sie haben Leny seit ihrer Institutszeit bis an ihr Lebensende begleitet. Es ist die Habe einer Frau, die im Provisorium gelebt hat.

Das Zimmer ist jetzt leer. Bereit für einen neuen Gast.

In Langenbruck sind die Bewohner Ungewöhnliches von den Biders gewohnt. Vater, Sohn, Tochter. Man hat immer von dem einen oder anderen Familienmitglied gesprochen, mit Stolz, Scham, Bewunderung und Verachtung. Jedes Einzelne ist im Lauf der Jahre ein Thema gewesen, unerschöpflich, immer neu aufflammend und mit Einzelheiten ergänzt. Man gräbt alte Fotografien, Ansichtskarten oder Briefe aus. Und die kleinen Souvenirs von den Flügen der Geschwister, die sich im Lauf der Jahre auf den Stubenbuffets angesammelt haben. Alles hat einen Wert.

Aus Anlass des Trauerfalls berichtet ein lokales Blatt von den Vorbereitungen einer Schulklasse aus dem Baselbiet. Die Kinder waren im Wald, jetzt flechten sie einen Kranz aus Tannenästen und Efeu. Die Rosen aus dem Garten der Eltern umwinden sie mit Draht und befestigen diese Gestecke am Kranz. Die Schulklasse will ihn an der Beerdigung gemeinsam zum Friedhof tragen.

Das Blatt hat die Erstklässler befragt und gibt einige Stimmen wieder. Eine Schülerin: «Ich bin ganz fest traurig. Später wollte ich ihn heiraten.» Ein Schüler: «Ich auch. Bin traurig.

Habe dem Aviatiker in Liestal meinen Sparhafen angeboten. Er hat beim Schütteln nur nach Räpplern geklungen. Da habe ich beide Hosensäcke gekehrt. Er hat mir aber die Schnur und die Rossnägel zurückgegeben. Auf Weihnachten bekomme ich einen Göttibatzen. Nächstes Jahr hätte es für eine oder zwei Flugminuten gereicht. Es macht aber nichts. Ich werde Pilot.»

Das Blatt gibt auch Stellungnahmen einiger Bürger zu Fräulein Leny Bider wieder, hält aber fest, es handle sich dabei ausschließlich um die Meinung der Befragten. Eine Ladeninhaberin: «Der Selbstmord dieser Schauspielerin wirft natürlich Fragen auf. Die Leute reißen ins Licht, was besser im Dunkeln ruhen würde. Mich geht es nichts an. Die Leute lügen, was das Zeug hält.» Ein Eisenbahner: «Fräulein Bider hat die Folgen nicht bedacht. Dass die Leute grübeln. Die Verwandten trifft diese Tragödie mit voller Wucht. Was die jetzt durchstehen müssen!» Ein Posaunist: «Sie kommt neben den Bruder zu liegen, wie man hört. Sie hat das ja wohl geplant. Wenn einer am Grab des Aviatikers betet, steht er mit seinem Hut in der Hand auch vor dem Grabkreuz der Selbstmörderin. Ob er will oder nicht.»

In den letzten Monaten zeigte sich Leny öfter in Gesellschaft von Fräulein Guhl. Sie wurde aber auch auffallend oft in Begleitung von Dr. Ernst Jucker gesehen. Als er zum Pharmazeuten promovierte, gab seine Familie im Bellevue einen opulenten Empfang. Man tanzte, bediente sich von Silberplatten, fädelte Geschäfte ein und trank auch auf die schöne Begleiterin von Ernst. Als hätte es keinen Krieg, kein Elend und keine Wirtschaftskrise gegeben. Als hätte es diese unangenehmen Erscheinungen, die Juckers mündelsichere Anlagen zu Klosettpapier verwandelten, nie gegeben.

Ernst, der Gefeierte, führte seine Eroberung an den breiten, hohen Fenstern entlang. Zürich war elektrisch beleuchtet, die

Lichter zogen sich vom See zum Hügel hinauf. Dort irgendwo lebte seine Familie, in einer erleuchteten Immobilie. Er ließ durchblicken, dass er den wirtschaftlichen Hintergrund von Leny und Oskar kenne. Die Geschwister leben in geordneten Verhältnissen. Die Erbschaft ihres Vaters erlaubt ihnen einen gewissen Luxus, zwei Flugzeuge, Reisen in Europa, das Logis im Hotel. Leny verkauft hin und wieder eine ihrer Kreationen, und Oskar bezieht ein hohes, geradezu fürstliches Salär. Obwohl dieser es nicht so sieht und eine Erhöhung beantragt hat.

Er war über alles im Bild. Man informierte sich in seinen Kreisen. Leny redete nie über Geld. Banksachen langweilten sie. Ihre Brüder hatten den Überblick. Onkel Albert hatte ihn. Die Männer in ihrer Familie waren in finanziellen Dingen bewandert. Natürlich ist das Vermögen geschrumpft, alle Vermögen sind während des Kriegs geschrumpft. Die Häuser im Baselbieter Juradorf gehören den Geschwistern gemeinsam. Sie bringen etwas Mietzins ein und sollen erhalten bleiben. So oder anders, Leny war es egal.

Ernst war es nicht egal. Er war exakt, ein Apotheker und Rappenspalter. *Das wird ja lustig.*

Leny benutzte ein Sparheft, um Geld abzuheben. Es war alles teuer, das sah sie selber. Sie hielt dies aber keinen Eintrag im Tagebuch wert. Sie kleidete und frisierte sich immer mit der gleichen Sorgfalt.

Leny schreibt, sie habe jene Juckersche Abendgesellschaft abgekürzt. Sie hat sich gelangweilt. Als Ernst von Banksachen redete, hob sie ihm die Hand zum Kuss hin und zog sich zurück. In der Halle sank sie in einen Klubsessel und gab sich dem üblichen Vergnügen hin: andere Gäste beobachten. Auftritte, Abgänge, Gesten und Mimik studieren. Sie genoss die tägliche Aufführung im Bellevue-Theater.

Wie ich Leny kenne, hat sie nie überlegt, dass sie einmal gezwungen sein könnte, ihr Zimmer im Nobelhotel aufzugeben. Ebenso wenig hat sie mit einem Geldsegen gerechnet. An Geld dachte sie nicht, sie lebte von Tag zu Tag, feierte mit ihren Künstlerfreunden und ließ sich von Oskar im Automobil chauffieren. Dazwischen schlenderte sie mit Cäsar über die Bahnhofstraße, posierte für zufällig ihren Weg kreuzende Fotografen und wartete auf einen neuen Entdecker.

Sie genoss die Tage und ließ sich von Oskar durch die Ballnächte von Zürich begleiten. Es geschah immer irgendwo etwas Aufregendes. Ein Veranstalter kündete neben dem üblichen Tanzorchester noch eine weiße New-Orleans-Band an. Die Geschwister wollten die neue Musik mit dem Namen Dixieland hören, eine weiße Spielart des New-Orleans-Jazz. Die Band trat um Mitternacht auf. Doch zu ihrer ungewöhnlichen Musik konnten die Gäste nicht tanzen, und sie pfiffen. Ein Musiker erhob sich, spielte ungerührt an der Rampe ein Solo und ging zurück an seinen Platz, ein anderer Musiker erhob sich, spielte sein Solo und setzte sich. Die Ballgäste wurden nach und nach vom Rhythmus mitgerissen, einige schlenkerten mit den Beinen und warfen die Arme in die Luft. Bald war der Ballsaal von den Zuckungen der Zuhörer erfüllt.

Ein Fotograf schoss unentwegt Bilder.

«Zürich tanzt Dixieland.» Ich las es in der Zeitung. Auch mein Sohn war hingegangen, um die Musik zu hören.

«Leny hat getanzt. Wie eine Wilde.»

«Du hast draußen gestanden?»

Er war drin, eine weiße Kamelie im Knopfloch seines Fracks, die Haare mit Pomade geglättet. Pünktlich zum Auftritt der Band ist er in den funkelnden Ballsaal spaziert und auf die Geschwister zugesteuert. Leny hat ihn angeschaut. Er gefiel ihr in seinem Frack, ihre Augen lächelten. Er fasste nach ihren Fingern, und sie ließ sich an seine Brust fallen. Ließ sich einfach fallen. Das Piano gab sein Solo. Die neue Musik floss durch sie hindurch. Sein Mund berührte ihren Scheitel, und sie bewegten sich in ihrem Rhythmus. Eine Ewigkeit.

Er träume.

«Nein», sagte mein Sohn. «Es war kein Traum. Doch dann hat die Band ihren Platz mit dem Tanzorchester getauscht und dieses fing einen Walzer zu spielen an.»

«Ihr habt getanzt?»

Sie haben nicht getanzt. Leny zog die Kamelie aus seinem Frack und befestigte sie in ihrem Haar. Dann stand auch schon Oskar da. Er walzerte mit Leny davon. Mein Sohn bahnte sich den Weg durch die Tanzenden zum Ausgang. Es regnete in Strömen. Er sei stundenlang umhergeirrt und habe ihren Namen ins Geprassel geschrien.

«Ich habe sie aufgegeben, Mutter. Es hat keinen Sinn zu warten. Es ist vorbei.»

Ich war über den Entscheid meines Sohns erleichtert. Leny ist schwierig. Besser, er sieht sie nur im Film. Als einen dieser leicht brennbaren Träume. Nicht einmal Oskar kann Leny immer begreifen. Sie steht im Applaus, doch sie ist unerklärlich traurig. Sie wandert einen Saum von Verehrern entlang, doch sie grübelt, weil sie meint, dass kein Mensch sie mag. Sie lacht, weint, schmollt, alles zur selben Zeit. So war sie schon immer. Man hat Leny gefragt, wie ihr Tag gewesen sei, und sie hat keine Antwort gegeben. Sie wusste es nicht. Der Tag war ein Gefühl, gut oder elend. Es reichte für einen Eintrag im Tagebuch, einen kleinen Vermerk.

Jakob konnte alles aufgliedern, jedes Phänomen erklären. Nur die Launen seines Prinzesschens konnte er nicht erklären. Er hat mich gefragt, was ich davon hielte? Wie ich sein Kind einschätze? Warum seine Leny so voller Widersprüche sei?

«Sie will vermutlich dich, Jakob. Mit Haut und Haar. Sie will, dass die Pariserin aus ihrem Leben verschwindet.»

Er fand das belustigend. «Weiber!»

Mag sein, dass Männer es besser verstehen, den Klumpen des Tages auseinanderzunehmen und alles einem Fach zuzuweisen. Hier Monte Carlo, da das Tuchgeschäft, dort das Studium der Söhne. Mich konnte Jakob nicht in einem Fach unterbringen. Aber es muss da eine Ritze gegeben haben, ein winziges Geheimfach, «die Pariserin». Da drin hat er seinen Rausch verwahrt, seinen Zeitvertreib, seine Spielerei, seine amüsante, schmutzige kleine Phantasie. Ich hatte aber einen Sohn, eine Mansarde mit elektrischem Kocher und ein paar Hosenknöpfe zum Leben. Doch es fiel meinem Jakob im Traum nicht ein, sein Geheimfach aufzulösen. Mir den Platz zu geben, der mir zugestanden hätte.

Trotzdem besuche ich sein Grab. Ich weine als Einzige. Die Kinder fliegen in der Blériot darüber hinweg.

Mein Sohn hat Leny nicht mehr gesehen.

Für einen Monat. Eine Woche. Oder ein paar Tage.

Nach «Zürich tanzt Dixieland» entdeckte die Redaktion der Zeitschrift auf einigen Fotografien auch Bilder der Filmschauspielerin Leny Harold. Es folgte ein Nachdruck: «Unser Reporter traf Leny Harold in vornehmer internationaler Gesellschaft in einen weißen Pelz gehüllt, siehe Bild rechts. Ihr Tanzpartner ist der berühmte Oskar Bider. An diesem Ereignis war das prominente Geschwisterpaar der Mittelpunkt.»

Juckers wurden darauf angesprochen. Sie waren nicht stolz auf die Berühmtheit der Freundin von ihrem Sohn. Im Gegenteil. Er sollte sich nicht mit einer Dame zeigen, die Negertänze aufführt. Und dies in Zürichs Gesellschaft. Sie verlangten, dass er mit der Dame rede, sofern er Wert auf diese Beziehung lege. Man muss ihr den Kopf zurechtsetzen, ein für allemal.

Leny vermerkt, dass Ernst etwas unangenehm geworden sei. Seine Eltern schätzen nicht, dass der gute alte Name in einem Atemzug mit einer Filmschauspielerin genannt wird. Sie wollen nicht immer an den Film-Fauxpas mit der verunglimpften Uniform erinnert werden, und an geifernde Männer in Klappsesseln, die ein Mädchen anglotzen, das über die Leinwand hüpft. Sie sind es überdrüssig, Kinoplakaten zu begegnen, auf denen die Freundin des Sohns ihren Filmliebhaber küsst. Die Eltern von Ernst können nicht dulden, dass Leny in der Öffentlichkeit raucht, alleine ein Tanzlokal besucht, alleine in einem Restaurant sitzt und ohne Begleitung durch die Nächte von Zürich schlendert. Ihr gebildeter Sohn arriviert beim Militär. Sein pharmazeutisches Unternehmen ist im Aufbau und verschlingt Geld. Doch das Mädchen, dem er den Hof macht, residiert im Bellevue, fährt im Taxi vor und trägt teure Kleider. Immer das Neueste. Immer das Beste. Wie könnte das Juckers gefallen!

Wie ein Zukünftiger habe Ernst gesprochen. Deutsch und deutlich. Beim Fuchteln stieß er das Glas um. Tee ergoss sich auf Lenys Kleid. Sie musste aufs Zimmer.

Ich hatte ein bain.

Sie versank nicht im Boden aus Scham. Nicht die Leny. Ihretwegen klebten Männer im Regen am Fenster, nur um sie zu sehen. Sie hielten ein Lenyporträt vor die Brust und klopften mit dem Knöchel aufs Bild, um ein Autogramm zu erbitten.

Als Leny Harold füllte sie Wochen, gar Monate die Säle der Kinematographen mit Seufzern und Tränen. Sie zeigte sich auch bei privaten Filmvorführungen. Mein Sohn war von solch erlesenen Kreisen ausgesperrt, ergatterte aber einen Bericht über einen Abend im Beisein der Künstler.

«Es ist eine lobenswerte Gewohnheit, hohen Gästen die Schauspieler und Tänzerinnen vorzuführen, die berühmt sind für ihr Talent und ihre Schönheit. So begegneten wir der Stummfilmschauspielerin Leny Harold. Man erinnere sich an diesen Namen: Leny Harold. Es ist eine sehr junge Frau mit ausdrucksstarkem Gesicht. Sie möchte eines Tages eine große Schauspielerin sein. Im Augenblick betrachtet sie sich als Anfängerin, diese Bescheidenheit ist zwar übertrieben, doch erscheint dadurch ihr Talent noch kostbarer. Auf die Frage, was sie am Beruf liebe, antwortet sie: Die Möglichkeit, mir ein anderes Schicksal zu geben.

Die Filmschauspielerin verschmilzt mit ihrer Rolle und macht keine theatralischen Gesten. Sie spielt göttlich. Sie ist abwechselnd fröhlich, leicht, schelmisch, dann rachsüchtig, skrupellos und beinah brutal. Sie schürt die Gefühle der Zuschauer. Manche sehen in ihr die neue Eleonora Duse. Dies ist keine Übertreibung.

Die Harold weinte über den Erfolg, den die Filmvorführung bei uns auslöste. Blind vor Tränen, trat sie am Ende des Films mit dem jungen Regisseur Bienz vor die Leinwand. Um sich die Augenschwärze nicht zu verwischen, tupfte sie die Tränen mit der Faust ab. Der Applaus für Bienz war mager, er verschwand hinter dem Vorhang, und die Harold hastete ihm nach. Kehrte aber zurück. Sie hatte wohl entschieden, den Applaus ganz allein zu genießen.»

Wenn ich nur einmal auftreten dürfte und nach geendigtem Spiel gefeiert würde. Nur dieser Wunsch.

Ihr Traum war nun Wirklichkeit. Leny hatte es geschafft. Sie war am Kinohimmel der aufgehende Stern. Sie musste diesen nur noch in den Zenith kleben. Was noch fehlte, das waren ein fähiger Regisseur, ein weitblickender Produzent, eine tragfähige Produktionsgesellschaft, ein Studiogelände und ein paar Phantasten wie Decroix, die auf Hollywood pfiffen und die Schweiz zur Traumfabrik machten.

Was vor allem fehlte, das war ein guter, ein explosiver Stoff.

23

Die Bühne lockte sie nicht, sie sah ihre Zukunft im Film.

Es gab ihr Bild in Großformat: griechische Nase, Kussmund, Rehaugen. Flächendeckend. Sie wurde in der Branche als schweizerische Diva gehandelt. Aber die neue Filmrolle ließ auf sich warten. Bienz verzichtete auf eine weitere Zusammenarbeit mit ihr, Decroix fehlte noch immer. Kein einheimischer Regisseur hatte eine ähnlich reiche Erfahrung. Zudem begegnete man hier der Filmarbeit von Ausländern mit Skepsis. *Ausländische Gesellschaften beuten unsere Landschaft aus, während die einheimischen Kinegraphisten die Hände im Schoß behalten.* Die Landschaft wurde als brachliegendes Kapital betrachtet, das gewinnbringend verwertet werden sollte. Man fand, der Bundesrat hätte es in der Hand, für jeden von Ausländern auf eidgenössischem Territorium gedrehten Filmmeter einen Obolus als Entgelt für eine Art Urheberrecht zu verlangen, diese schöne Region urheberrechtlich zu schützen.

Die Berge den Schweizern!

Es gab inzwischen eine Kinoschule. Doch es fehlte an den Mitteln, um Filme zu produzieren. Der Schriftsteller Carl Spitteler verlangte, dass die Kinos subventioniert würden wie die Theater. Er empörte sich gegen jede Art von Zensur und bekannte sich als Liebhaber des Kinos, doch er konnte die gebildeten Kreise nicht überzeugen, die meinten, am schlechten Geschmack und an einer dürftigen Handlung könne auch ein Carl Spitteler nichts ändern. Wenn er den dunklen Saal bis zu fünfmal wöchentlich frequentiert, dann sage das übers Kino nichts aus, aber über die sonderbaren Anwandlungen von Spitteler.

Einmal in der Woche führte Leny die Dogge Cäsar zum Filmstudio und nahm Absagen, Ausflüchte und Vertröstungen entgegen. Irgendeine Assistentin oder Sekretärin, die ihre Nägel feilte, teilte ihr den Stand der Dinge mit und pustete über die Nägel.

«Niemand braucht Schauspieler. Die Krise, Fräulein. Es braucht Spekulanten, Schieber, Wucherer und Bankiers. Und Leute, die im Bundeshaus die Papierkörbe leeren. Sichere Arbeit, Fräulein. Bullernde Heizöfen und Pension. Es braucht keine verwöhnten Fräuleins, die mit einem Tennisschläger unter dem Arm und angeleinter Dogge im Studio nach Dreharbeit fragen. Heiraten Sie, Fräulein! Die Schönheit verfällt und die Zähne verfaulen im Maul.»

Nach diesem Rat lief Leny mit Cäsar zur Spitze des Üetlibergs und zurück. Sie rannte allen Boshaftigkeiten, Ratschlägen und Zurechtweisungen davon, allen Grenzen, die andere Leute ihr zu stecken versuchten. Sie schüttelte sich wie ihr Hund. Danach kehrte sie zum Hotel zurück.

Dort erwarteten sie Blumen. Dort nahm ihr mein Sohn die Jacke von der Schulter und streifte mit den Lippen ihr Haar.

«Ich habe mit Leny geredet», sagte mir mein Sohn.

«Wie – geredet?»

«Eben geredet. Was ich denke. Was mir durch den Kopf geht. So Vorstellungen halt.»

Mein Sohn senkte also den Mund in Lenys Garçonne-Mähne und flüsterte seinen Weltentwurf in die dichte, dunkle Wärme ihres Haars. Dass die Zeit nicht reif sei für Harold-Filme, noch nicht. Doch irgendwann würde die Welt Filme sehen wollen, in denen die Frauen unabhängig, verwegen und widerspenstig sind. Frauen, die uneingeschränkt planen und handeln, die frei wählen können, einen Beruf ausüben und Erfolg haben. Genau wie die Männer. Der Zivilstand spielt keine Rolle, ob sie Kinder hat oder Liebhaber oder Haustiere oder nur einen Schlafsack. An jenem fernen Tag, sagte mein Sohn, da gebe es Zelluloidstreifen am Kilometer zu kaufen. Nichts ist rationiert, stundenlange Spielfilme nicht, Zärtlichkeit nicht, Tränen, Taumel und nackte Haut nicht. Die Tage werden vierundzwanzig nicht rationierte Stunden haben. Und sie, die göttliche Leny Harold, renne vierundzwanzig Stunden über diese Kilometer von Zelluloidstreifen. Während er, ihr ewiger Verehrer, sich in den Klappsessel falte, um ihr dabei zuzusehen. Bis zum Erblinden.

«Und?», habe ich gefragt.

«Was – und?» Leny habe sich nicht gerührt. Er hatte ihre Haare im Mund. Es schmeckte wie ein Veilchenbonbon. Atemberaubend. Veilchen! Unvergesslich.

«Und danach?»

«Nichts danach. Sie hat tief geseufzt. Dann ist sie fortgestürzt.»

Leny hielt sich mit Sport für den neuen Zelluloidstreifen geschmeidig, gesund und begehrenswert. Wochen, Monate vergingen, doch nichts geschah. Kein Angebot, nicht einmal eine Anfrage, ob sie frei wäre und vorsprechen wolle. Die Tage nahmen den üblichen Verlauf, kein Einziger war die Tinte für einen Eintrag im Tagebuch wert. Am Morgen hoffte sie aufs Eintreffen der neuen Rolle, am Abend verdammte sie den Tag. War er zu etwas nütze? Hatte er etwas gebracht? Irgendetwas?

Plötzlich sagte sie sich los vom Film. Schluss mit Diva!

Sie verlobte sich.

Sie sagte Dinge wie «Kinderwunsch», «mein zukünftiger Mann», «der Herr Gatte», «wir Juckers». Sie ist zur Bahnhofstraße gerannt und bummelte ausgiebig an den Geschäften entlang. Richtete die Glanzaugen auf Porzellan und Pfannen «für unseren Haushalt». Betrachtete Vorhänge «für unsere

Wohnung», suchte eine Remington-Schreibmaschine «für die Geschäftspost von Ernst».

Plötzlich wollte Leny häuslich werden. Schürzen tragen, weil Ernsts Mutter auch Schürzen trug. Mit einem Zentimetermaß Hemden falten, Kästen einräumen, Berge von Geschirr abwaschen wie im Schloss Rallingen und die zarten Hände mit Zitrone scheuern. Früher hatte Leny über meine gutgemeinten Ratschläge gelacht. Sie ärgerte sich grün und blau, weil ich Jakob Hinweise gab – es überhaupt wagte, wo ich doch nur die Pariserin ihres Vaters war, eine Dahergelaufene mit Hut. Die Sünde ihres Vaters, mit der er sich in Monte Carlo auf eine seidene Steppdecke legen wollte. Sie lachte sich krumm über mein Schnürmieder. Die Ehe betrachtete sie als eine besonders perfide Art von Vormundschaft. Und jetzt wollte sie sich von einem Pharmazeuten das Drehbuch aus der Hand nehmen lassen, dessen Geschäft kriselte, noch ehe er alle Schächtelchen, Döschen und Fläschchen in die Gestelle geräumt hatte.

Mein Sohn verkroch sich in die Arbeit. Oskar blieb gelassen. «Unsere Leny wieder. In einer neuen Rolle.»

Als Zuschauerin hielt sie der Bühne die Treue. Sie besuchte alle Premieren, oft war sie dabei in Begleitung von Fräulein Guhl. Sie hatten eine Loge. Mit ihrem Operngucker schauten sie von der Loge die Akteure auf der Bühne an, vor allem den Hauptdarsteller. Die beiden unterstützten Auftritte von Künstlern, die im Bellevue logierten, mit viel Applaus. Zwischendurch richteten sie das Opernglas auch ins Publikum, unterhielten sich leise, und Fräulein Guhl kicherte in ihre Hand.

Zwei vergnügte junge Frauen. Ein Erlebnis fürs Tagebuch. Es war eine gute Aufführung, sie war mittelmäßig, nur so dahingehaudert, das beste Stück der Saison. Leny schien mit ihrem Leben zufrieden. Obwohl ihre Laufbahn zu versanden drohte. Alle ihre Freundinnen waren verheiratet, einigen war die große

Liebe begegnet, für die sie im Pensionat sterben wollten. Nur Leny wartete noch auf etwas Großes und Bedeutendes. Einstweilen begleitete sie ein kicherndes Mädchen ins Theater, denn sie zog diese Gesellschaft derjenigen des Verlobten Ernst Jucker vor.

Nach der Aufführung erwartete mein Sohn sie im Foyer des Theaters. Natürlich. Er spielte die Rolle, die sie von ihm erwartete. Die Rolle seines Lebens: der ewige Bewunderer. Er half ihr in den Pelz. Beim Überstreifen lehnte sie sich leicht zurück, seine Finger glitten durchs Fell, über ihre Arme, ihre Brüste, zu ihrer Hüfte. Er fühlte die Wärme ihres Körpers durch den Pelz strömen. Langsam drehte sie ihm das Gesicht zu. Und die Zeit stand still. Einen Herzschlag lang. Oder zwei.

In ihrem Tagebuch finde ich eine Notiz.

Er hat wieder so lieb geschaut.

Mein Sohn ließ Kamelien überbringen.

«Wieder ein Besen!», habe der Aviatiker den Blumenboten angeschnauzt. Er riss ihm den Strauß achtlos aus der Hand, denn er wollte ihn der Schwester selbst übergeben. Doch er kehrte noch einmal zurück, um nach dem Absender zu fragen. Der Bote habe die Schultern gehoben.

Immerhin hatte Oskar seiner Schwester eine moderne Vase für die Blumen ihres Verehrers geschenkt. Der Strauß blühte darin, welkte, wurde vom Blumenboten durch einen neuen ersetzt, der eine Weile blühte und welkte. Denn nichts ist für die Ewigkeit. Das Glück nicht und das Unglück nicht. Unsere Tage nicht. Auch nicht unsere Geschichte in diesen Tagen.

24

Am Abend vor der Beerdigung weitet sich der Fall der Bider-Geschwister zur Affäre. Die Nachrichten überstürzen sich. Es heißt, ihr Verhältnis habe die natürliche Anhänglichkeit zwischen Geschwistern überstiegen. Er habe ihr Kamelien geschenkt, übers Blumenhaus, damit es niemand merkt. Es heißt, die Schwester habe den Bruder in ihr Zimmer gelassen. Man müsse sich das vorstellen: Ein so strammer Kerl, eine so schöne Frau, stundenlang allein im Zimmer. Der Bruder mit der eigenen Schwester.

Es heißt, da sie sich neben ihrem Bruder begraben lasse, müsse also etwas Wahres an der Sache sein.

Es erscheint ein Interview. Man müsse es lesen. Eine von Lenys netten Vermieterinnen gibt ihre Erinnerungen an ihr berühmtes und so tragisch verstorbenes Zimmerfräulein preis. Das Fräulein Bider habe einige Monate bei ihr gewohnt und gegessen. Sie war sauber. Sie ratterte mit der Nähmaschine. Manchmal zischte es, weil sie über dem Wasserdampf ihre Filzhüte in Form zog. Leider rauchte sie ab und zu. Nein, damals hatte sie keinen Freund. Ihr Bruder holte sie einige Male ab. Natürlich waren die beiden nicht im Zimmer, das dulde sie nicht. Das kommt in ihrer Pension nicht in Frage. Sie führt ein anständiges Haus. Die Geschwister seien ausgegangen. Ins Offizierscasino oder sonst wohin. Spät, zu spät, wenn man sie frage, hat er sie zurückgebracht. Aber nicht bis an die Zimmertür. Nicht über die Schwelle ihrer Pension. Da sei sie strikt. Bei ihr: nicht! Aber im Bellevue, da durfte ihr Bruder aufs Zimmer.

Die Affäre wird in allen Räumen des Bellevue au Lac besprochen. Beim Essen, beim Zeitunglesen, beim Warten. Das pikante Privatleben der Julie Helene Bider alias Leny Harold fasziniert die Künstler, die im Hotel logieren. Sie wäre stolz, wenn sie wüsste, dass ihre Geschichte in einem Zug mit dem amoralischen Leben von Sarah Bernhardt und Eleonora Duse aufgezählt wird.

Die Künstler lassen einen Kranz schicken. Gegenüber dem Portier äußern die Schauspielkollegen die Ansicht, dass kein Ereignis in der letzten Zeit wirksamer und nachhaltiger in Szene gesetzt worden sei als der Tod der Geschwister. Das Skript könnte von Leny verfasst worden sein. Man müsse fast annehmen, der Star von Decroix habe dieses Ende seit langem geplant. Man wunderte sich nicht, wenn das Drehbuch nicht schon bereitlag, ausgefeilt bis ins Detail. Leny war klug, sie war brillant. Voller Geheimnisse.

Decroix hatte einen guten Blick. Sein Star hatte den Glanz verkörpert, der eine Diva ausmacht. Die das Volk an kulturellen Ereignissen, Reitturnieren und Offiziersbällen zu sehen hofft. Leny Harold hat das Winzige, das Zementierte, das Vorhersagbare und Langweilige gehasst. Dafür die Weite, das Aufregende, Außergewöhnliche und Abenteuerliche gesucht, wie ihr Bruder, Geschwindigkeit, Höhe, Gefahr. Nur keine lauen Gefühle, nur kein Mittelmaß. Sie hat behauptet, es sei für sie ein Höhepunkt, mit Oskar durch den Himmel zu schweben, dann zu landen, mitten in einer tobenden, jubelnden Menge.

Oskar und Leny. Zwei Verrückte. Und ihr filmreifes Leben. Ihr filmreifer Tod. Ihr Militärbegräbnis.

Der Bräutigam hält es für notwendig und vernünftig, schriftlich zu erklären, warum seine ihm unvergessliche Leny sich statt einem Leben an seiner Seite für das gemeinsame Grab mit Oskar entschieden hat. Sie hat *ihrem über alles geliebten Bruder die Kameradschaft, welche beide in jahrelanger, innigster Anhänglichkeit verbunden hatte, im Unglück nicht versagen können. Das starke Herz, das schwesterlich-mütterlich so lange Zeit nur für den Bruder geschlagen hatte, musste brechen, als sein Held gefallen.*

Mit der nur ihrem Heldenherzen eigenen Entschlusskraft, aufrecht – ernst und ohne Wanken, hat sie ihren Nächsten geschrieben, sie wolle mit «Oski» begraben werden, und hat Abschied genommen. Die Waffe hat ihr den letzten Dienst nicht versagt.

Er verneige sich vor dem Geschwisterpaar, das so viel Licht um sich ausgestrahlt habe.

Die Militärkameraden bestätigten, dass Leny immer für den Bruder da gewesen ist. Sie war immer in Sorge, jeden Tag war sie in Sorge. Oskar war ein Phantast, ein Verrückter, musste es sein, um alle Grenzen sprengen zu können. Wenn ein Flugzeug brummte, schaute Leny zum Himmel hinauf, verlor den Gesprächsfaden, atmete kaum. Sie kannte die beiden Flugzeuge ihres Bruders, den Blériot-Eindecker und die Nieuport 23C-1, genau.

«Oski stürzt ab», hat sie manchmal gesagt, dabei nach ihrer Handtasche getastet und leise beigefügt, dass sie den Tag nicht überleben werde. Die Militärkameraden haben ihr versichert, dass Oskar mit dem Tod einen Pakt geschlossen hat. «Jeder von uns stürzt ab. Er nicht. Er überlebt uns alle.»

Sie hat nicht widersprochen. Anscheinend glaubte sie aber diesen Beteuerungen nicht. Sie glaubte an ihren Revolver. Wenn das Entsetzliche eintritt, und das wird es mit Sicherheit, dann erleichtert die Waffe ihren Kummer. Ein leichter Druck am Abzug genügt.

25

Die Verwandtschaft hat sich nicht die Mühe gemacht, die Adressen der ehemaligen Freundinnen des Instituts Clos du Matin und der Haushaltungsschule von Rallingen herauszufinden. Einige leben im Ausland. Die Vertrautesten sind eben erst mit der Ankündigung der Vermählung von Leny überrascht worden – derselben Leny, die noch vor kurzem die Ehe als lebenslängliche Vormundschaft bezeichnet hatte. Die sich nicht für geschaffen hielt, im Schatten eines Gatten zu leben. Sie musste auf einem Tiefpunkt sein, in Panik. Anders kann sich Schis die Vermählungsanzeige nicht erklären.

Als Adresse hatte Leny aber nicht die ihres Verlobten, sondern das Hotel Bellevue au Lac in Zürich angegeben. Schis antwortete postwendend mit ein paar neckischen Zeilen, da sie lange nichts von ihrer Freundin gehört hatte und nun von Lenys Plänen überrumpelt worden war. Sie gratulierte. Sie freue sich mit Leny. *Glück auf denn, mein liebstes, liebstes Lenylein, auf frohes Leben, auf frisches, gesundes Wirken. Und im Übrigen mach ich's jetzt, wie Du mir's vorgemacht, wie Du das Beispiel gabst: ich erzähl Dir nid weiter, bis Du mir viel u. frisch vom Herzle weg erzählt hast; denn jetzt steh' ich ganz blöd da u. weiß noch nit emal, wohin ich meine Zeilen an Frau Jucker adressieren soll. Drum mal los im Jungfernheimeli! Innigen Kuss für Dich u. Gruß für ihn.*

Diese Karte wird der Leiche hinterhergeschickt. Der Portier bringt ihn zum Bahnhof. Dort wartet der Sarg in einer Ecke des Bahndepots auf die Leiche von Oskar. Der Portier legt die Karte zu den Papieren, die den Sarg begleiten.

Leny habe sich aufgefangen, versicherten mir die Verwandten noch kurz vor ihrem Tod. Sie wolle noch in diesem Monat heiraten. Eine glänzende Verbindung. Akademiker aus gutem Haus. Sie hat ihren Bräutigam den Tanten und Cousinen vorgestellt. In seiner Offiziersuniform mit blanken Stiefeln war er ebenso stramm wie Oskar. Eine passende Partie. Man sei von ihm sehr angetan. Pharmazeut Jucker, ein Verlobter, von dem Verwandte träumen.

Nach der Hochzeit hätte sie in einer großzügigen Wohnung in einem guten Quartier gelebt, respektabel und sorgenfrei, in

Gesellschaft eines verlässlichen Ehemanns, der sich mit Pferden und Pharmamitteln befasst. Es hätte Empfänge, Bälle und Soireen gegeben. Ihre Jahre wären erfüllt gewesen von gesellschaftlichen Verpflichtungen, Regeln und lateinisch beschrifteten Etiketten, Pülverchen, Pillenschachteln, winzigen Phiolen, winzigen Maßeinheiten und winzigen Waagen.

Kaum war sie verlobt, bereute sie den Schritt. Sie behauptete, die Wohnung, die sie mit Ernst angeschaut habe, nehme ihr die Luft zum Atmen. Ihm gefiel sie, beste Lage am Zürichberg, hohe geräumige Zimmer mit Stuckatur, beeindruckendes Treppenhaus. Eine Wohnung fürs Leben. Leny hatte Albträume. Sah sich als Gefangene von Bettlaken mit Monogramm, Silberbesteck, Vorhängen, Waschzuber, Einmachgläser und schrumpfenden Äpfeln auf einer Kellerhurde. Es würde bis ans Ende ihrer Tage nie etwas Unerwartetes, Prickelndes und Aufregendes passieren. Die Juckerschen würden sie nach ihrem Bild formen. Ihr alles vorgeben, vielleicht gar den Umgang mit Oskar verbieten. Sie würde vertrocknen und schrumpfen wie die Äpfel auf ihrer Hurde.

Sie sah keine Zukunft mehr.

Verabscheute ihr neues Heim. Sie mochte Hotelzimmer mit fremd duftenden, steifen Laken auf dem Bett. Sie mochte das Kommen und Gehen wechselnder Gäste, mochte Pagen und Portiers, die sich die Namen der Gäste einprägen und auf Trinkgeld warten. Im Bellevue war sie ein Gast auf Durchreise, bereit für etwas Neues, für den Stoff, der es wert war, ihr Tagebuch zu füllen. Für die Perlen, die sich zu ihrem Leben auffädeln.

Trotzdem zeigte sie sich wenige Tage später mit ihrem Bräutigam in Langenbruck. Das Brautpaar besuchte das Grab der Eltern. Natürlich haben die Verwandten sich gefreut, dass sie ihren Herrn Doktor mitbrachte. Mit diesem passablen Bräutigam waren die bösen Mäuler zu stopfen, die Leny ein lockeres Leben nachsagten. Die Verwandtschaft musste sich endlich nicht mehr schämen, wenn von den Bider-Geschwistern die Rede war.

Ich bin mit den Verlobten auf dem Friedhof zusammengetroffen. Doktor Jucker stand am Grab, den Schirm am Arm, und drehte den Hut in der Hand – wie einer, der künftigen Schwiegereltern seine Lebensregeln herunterbetet, die jetzt auch für die Tochter gelten.

An meine endgültig letzten Besuche war man im Dorf inzwischen gewöhnt. An diesem Tag weinte ich nun wirklich zum letzten Mal an Jakobs Grab. Das Elsass gehörte wieder zu Frankreich, ich war frei, mit meinen Erinnerungen und Hutschachteln zurückzukehren. Mein Sohn wollte bleiben. Er hatte in der Schweiz eine Stelle, er hatte sein Zimmer, das tapeziert war mit Fotos und Kritiken. Und er hatte Leny. Seinem Traum fühlte er sich näher als je zuvor.

Zum Abschied schenkte mir Leny die Fotografie aus der Zeit an der Thiersteinerallee. Das Bild zeigt mich mit geradem Rücken im hohen Sessel am kleinen Tisch, die gespreizte Hand auf einem Buch. Lenys Vater machte die Aufnahme für seine Tochter zur Erinnerung an den Tag, da wir beschlossen, seine Prinzessin zur Dressur in ein Pensionat zu geben. Ich zeigte die Fotografie den Verwandten. Sie hatten an diesem Tag aber andere Sorgen.

Soeben wurde der Krieg als beendet erklärt. Der Frieden brach an. Ein landesweiter Generalstreik wurde ausgerufen und auf den Straßen brach ein Chaos aus.

Leny flatterte umher, erschreckt und aufgeregt, denn es hieß, die Militärflieger würden entlassen. Auch den Verwandten wurde allmählich klar, dass dieser Tag nichts Gutes für Oskar bedeutete. General Wille brauchte keine Piloten mehr, die in der Luft herumflogen. Er brauchte Kavalleristen, die auf dem Boden Sicherheit gewährleisteten und den Streik der Arbeiter niederschlugen.

Leny rannte mit Dr. Jucker zum Bahnhof, um rasch nach Zürich zurückzukehren. Doch es war zu spät, die Eisenbahn fuhr nicht mehr. Die Streikenden strömten aus den Fabriken und sprangen auf ihre Fahrräder. Die Zwirner, deren Maschinen seit langem still standen, waren zu elend, um am Generalstreik mitzumarschieren. Zu elend, um auch nur einen einzigen Zaun am Weg mit der Axt zusammenzuschlagen. Leny und Dr. Jucker kamen vom Bahnhof zurück und übernachteten bei den Verwandten. Als sie endlich mit einem Automobil nach Zürich reisen konnten, rotteten sich dort Arbeiter zusammen und trieben durch die Straßen, gefolgt von Kavallerie. Das Poltern der Pferdehufe auf den Pflastersteinen war zu hören, und gellende Schreie. Ernst Jucker musste Leny stehenlassen und sofort zu Pferd einrücken, um die Aufständischen in Schach zu halten. Kaum war Leny im Hotel, waren Schüsse zu hören.

Danach kamen Wochen des Wartens. Alle warteten, und keiner wusste, worauf. Die Läden waren leer. Auch sonst geschah nichts von Bedeutung. Die Bahnhöfe waren noch immer überfüllt mit Truppen, Heimkehrern, Internierten, Verwundeten. Alles war in Bewegung. Ununterbrochen vernahmen wir das Knirschen der Nagelschuhe und das Rumpeln der Geschützräder. Von den schweren Geräten waren die Wege aufgewühlt wie Äcker. Wir stapften durch Matsch und trugen den Dreck in die Häuser, alles um uns erstarrte im Schmutz, Unrat und Elend. Man hauste nur noch, niemand fand Arbeit, niemand sah einen blauen Streifen am Horizont.

Juckers Geschäft wollte auch nach dem Krieg nicht so recht in Schwung kommen. Man traf Leny immer seltener in Begleitung ihres Bräutigams. Statt mit ihm, verbrachte sie die Tage mit ihrer Nähmaschine. Jucker bestellte beim Portier im Carlton-Restaurant einen Tisch für zwei Personen. Er wünschte Kerzen und Blumen auf dem Tisch. Er wollte wohl einen Schritt nach vorn machen, um Leny nicht wegen des lauen Geschäftsgangs von Pharmamitteln zu verlieren. An dem Abend erschien er im Frack und legte ein kleines Geschenk neben ihr Gedeck. Dann schlug er ein Bein über das andere und wartete auf Leny. Sie kam zu spät, wie immer. Sie hatte nichts anzuziehen, wie immer. Sorgfältig löste sie den Knoten des Seidenbands und ließ den Verschluss der Schmuckschachtel aufschnappen. Es war ein Halsband darin, ein Erbschmuck der Familie. Das Licht der Kerzen ließ die Steine funkeln. Er wollte ihr das Halsband umlegen, sie lehnte ab. Zu den schwarzen Ohrringen hätten die Juwelen nicht gepasst. Ernst Jucker habe nicht glücklich ausgesehen, erzählte der Portier. Die Kellner schwirrten mit ihren hocherhobenen Platten umher und bedienten die Gäste an den weißgedeckten Tischen. Der Herrenreiter saß mit steifem Rücken da und schickte das Essen zurück. Er zog eine Liste aus der Innentasche des Fracks und rechnete seiner Braut etwas vor. Er tippte auf Zahlen. Sie starrte durchs Fenster zum See. Er klopfte so energisch auf die Liste, dass die Gläser klirrten und Leny erschrak. Er wollte, dass sie sich Zahlen ansehe.

Im Hinblick auf die schlechte Lage des Pharmageschäfts, vermutete der Portier, dass Jucker das Fräulein Leny drängte, ihre Mittel in sein Unternehmen einzuschießen. Und um Geld zu sparen, aus dem teuren Logis im Bellevue auszuziehen.

Leny vermerkt im Tagebuch ein Diner mit Ernst. Er war miserabler Laune. Er beschwerte sich über ihr Dekolleté. Der Ausschnitt sei zu tief. Andere schauen hinein. Den ganzen Abend nur Vorhaltungen. Einmal betraf es die Spaziergänge mit Cäsar, einmal die Filmerei, einmal die Kamelien. Auch die Ohrringe von Oskar hielt er ihr vor. Warum sie nicht das Halsband aus dem Erbschmuck seiner Familie trage, die Juckerschen Juwelen? Warum sie nicht mit ihm in diese schöne Wohnung am Zürichberg ziehe? Er verlangte, dass sie nie mehr ausgehe ohne ihn. Nie mehr in einem Film mitspiele. Sie dürfe, meint sie, nicht einmal atmen ohne ihn.

Eigentlich hat er recht. Ich bin ja nichts. Nichts für ihn wenigstens.

Dr. Ernst Jucker wollte an seiner Seite eine Frau, keine Vedette, die für die Dauer des Films jedem Trottel gehört, der ein Kinobillett kaufen kann. Er wollte keinen Mund küssen, von dem Tramfahrer, Automobilisten, Passanten und Horden grölender Soldaten träumen. Einen die ganze Breite der Hausfassade bedeckenden Mund.

Er drückte sich Leny gegenüber klar aus. Er fuhr mit einem Arm von links nach rechts, als fege er das ganze Carlton in einem Schwung in den Zürichsee, samt seinen Tischen, Gästen und Frackkellnern. Und samt ihr, seiner Braut Leny.

Plötzlich herrschte Stille an Juckers Tisch, berichtete der Portier meinem Sohn.

Das Fräulein Leny hat eine Kamelie zwischen ihren Fingern gedreht und auf die Blütenblätter geschaut.

«Eine Kamelie aus meinem Strauß?»

«Eine Ihrer Kamelien, mein Herr. Sie hat sie angeschaut.»

«Als suche sie Halt? Als flüchte sie in Gedanken zu einem anderen?»

«Sie hat mit dem Handrücken eine Träne weggewischt. Sie floh, glaube ich. Zu Ihnen, denke ich.»

Dann ging sie zu Bett. Sie hält im Tagebuch fest, sie sei nach dem Gespräch sofort eingeschlafen. Sie schlafe ausgezeichnet in dem guten Bett des Bellevue au Lac.

26

Zur Überführung der sterblichen Überreste wird dem Zug ein Extrawagen angehängt. Von Dübendorf reist die Leiche in Begleitung einer Abteilung Infanteriesoldaten und trifft um 9.13 Uhr in Zürich ein. Dort wird der Sarg der Schwester dazugeladen. Kurz nach zwölf Uhr verlässt die Komposition den Hauptbahnhof. Gleichzeitig steigen in Dübendorf fünf Flugzeuge auf, kreisen in geschlossener Formation eine Weile über der Eisenbahn und kehren dann zurück. Die Leichen treffen fahrplanmäßig am Heimatort ein, der Bahnhof Waldenburg ist über die Ankunft zweier Särge informiert, dort nehmen Infanteriesoldaten sie in Empfang und begleiten sie zum Geburtshaus der Geschwister. Dort flankiert eine Ehrenwache mit blinkenden Bajonetten die Aufgebahrten. Der Sarg von Oskar ist mit einer Schweizerfahne bedeckt, auf der sich der Degen und seine Scheide kreuzen. Und auf dem Kopfteil liegt sein Guiden-Tschako mit dem weißen Busch. Der Sarg seiner Schwester bleibt ungeschmückt, nur ein schwarzes Tuch hängt darüber. Und ein paar Kränze von Oskar werden dazugestellt.

Die Beerdigung ist auf den folgenden Tag angesetzt. Noch ist nicht bekannt, wer die Totenrede hält. Die beiden Pastoren in der Verwandtschaft hüllen sich in Schweigen. Ob die überhaupt kommen? In Langenbruck ist man auf die Grabrede gespannt. Dieser zweite Sarg beunruhigt. Er wirft einen Schatten auf den feierlichen Anlass, auf den Helden, aufs ganze Dorf.

Wie soll man sich gegenüber der Verwandtschaft verhalten? Sprechen wir von gebrochenem Herzen? Oder sagt man: Sie hat sich den Tod gegeben? Oder übergehen wir die Leny und kondolieren nur für den Verlust von Oskar?

So oder so, es ist ein wahnsinniger Coup von Leny, dieser Schuss zur richtigen Zeit. Damit sie einen letzten, einen ganz großen Auftritt hat. Ein Militärbegräbnis erster Klasse, mit allem Pomp. Danach monatelang in der Wochenschau, im Dauergerede. Diese verflixte, raffinierte, wunderschöne Leny.

Noch ehe die Särge in Langenbruck eintreffen, wird bekannt, dass Oskar Bider seinem Vaterland nicht nur als brillanter Flieger nützlich war, sondern ganz Europa bereiste, um neue Techniken an Kampfflugzeugen zu studieren. Er habe auf diesen Reisen viele Informationen und Pläne für den Flugzeugbau zusammengerafft und damit dem Schweizervolk in aller Stille einen großen Dienst erwiesen. Diesem tapferen Mann gehört unser aller Dank.

Diese Meldung wird kurz darauf relativiert. Tatsächlich verdanke unser Land dem Verstorbenen die besten Pläne und Anregungen für den Flugzeugbau. Es muss jedoch eingeräumt werden, dass Oskar Bider nach Kriegsausbruch keine Genehmigungen für Besuche im Ausland bekam. Er hat die Schweiz nie verlassen. Hingegen sei seine Schwester ins Ausland gereist.

Die Entlassung aus der Armee fiel Oskar schwer. Als Pöstler Luftbriefe zu verteilen war nicht gerade sein Traum. Dübendorf ab 10.30 Uhr, Bern-Kirchlindach ab 12.00 Uhr, Blécherette-Lausanne an 13.35 Uhr und Gegenkurs für eine Zuschlagtaxe von fünfzig Rappen. Das reichte nicht einmal fürs Schmieröl. Wenigstens gab es in der Schweiz nun Ansätze zur rechtlichen Regelung der Luftfahrt.

Oskar nahm seine alten Pläne von einer Fluglinie für Passagiere wieder auf. Seine zwei Flugapparate waren dazu nicht geeignet, aber auch die mussten laufend von seinem Mechaniker gewartet, repariert und in flugtüchtigem Zustand gehalten werden. Nach der Kündigung fiel der regelmäßige Sold weg. Für eine Fluglinie brauchte es aber Piloten, Maschinen, Geschäftspartner, und vor allem brauchte es Kapital. Fritz Rhiner begeisterte sich sofort für eine Fluggesellschaft. Sie wollten sie «Ad Astra» nennen. Der zweite Vorschlag, «Swissair», schien ihnen zu nüchtern. Der Name sollte an eine Reise zum Himmel erinnern. Die Passagiere fliegen zu den Sternen.

Auch Leny nahm an einigen Besprechungen teil. Sie machte mit Begeisterung im Initiativkomitee für eine schweizerische Gesellschaft für Lufttourismus mit. Da Leny Erfahrung mit der Nationalspende gesammelt hatte, lag es nahe, sie bei der Ad Astra zu beschäftigen. Die Fluglinie würde eine vielsprachige Direktrice benötigen, die mit ihrem Rehblick und Kussmund zahlungskräftige Passagiere zum Flug verlockt. Die Fluglinie brauchte auch ein Signet und attraktive Pilotenuniformen. Leny war die richtige Person.

Die Ideen lagen auf dem Tisch. Als Gründungszweck der Gesellschaft wurde angegeben: *Förderung der schweizerischen Aviatik, des Luftverkehrs und der schweizerischen Fremdenindustrie durch Einrichtung von Flugstationen in der Schweiz, von Fluglinien von und nach der Schweiz usw.*

Der Gründung kam die Aero-Gesellschaft mit einem Kapital von vierzigtausend Franken zuvor. Sie bestand aus den Piloten Alfred Comte und Walter Mittelholzer sowie dem Fotografen der Fliegertruppe Studer. Sie beförderten Passagiere, organisierten Sport- und Schauflüge, machten Luftaufnahmen und verkauften die Fotos. Sie entwickelte sofort eine rege Aktivität.

Für Bider und Rhiner bedeutete es ein Risiko, jetzt eine Konkurrenzgesellschaft zu gründen. Für den Lufttourismus mussten Flugstationen eingerichtet werden, darunter Genf, Ouchy, Luzern, Zürich, Interlaken oder Thun und Lugano, später sollten Locarno und St. Moritz folgen. Für jede dieser Stationen mussten drei gute, mehrplätzige Maschinen inklusive Ersatzteile angeschafft werden. Es wurde auch an Ganzmetallflugzeuge gedacht, wie die Junkers-Fokkerwerke sie nun verwendeten. Die benötigten nur eine leichte tragende Struktur, da die Außenhaut die Kräfte weiterleitet. Wegen ihres geringeren Gewichts könnten mehr Passagierplätze geschaffen werden. Im Depot sollten aber auch Wasserflugzeuge stehen. Noch immer waren Flugplätze rar, dafür gab es in der Schweiz viele Seen. Die Flugzeuge der Ad Astra könnten diese Seen anfliegen und darauf wassern. Boote bringen dann die Passagiere an Land. Schon am 7. Juli 1919 stünde in Varese das erste Wasserflugzeug für die neue Fluglinie abholbereit.

Die Ad Astra benötigte Kapital. Die Banken waren zurückhaltend, sie finanzierten Eisenbahnen, Schiffe und Zeppeline. Verkehrsmittel fürs Volk, die im Kriegsfall für die Armee umgerüstet werden können. Flugzeuge erachteten sie als unsicher, unökonomisch und von geringem Nutzen. Vor allem versprachen Flugzeuge keinen Gewinn.

Es sei eine miserable Kapitalanlage, fand ein Bankier.

Es sei das Verkehrsmittel der Zukunft, meinte Bider. Wer das nicht erkenne, sei ein miserabler Bankier.

Um Oskar zu den Besprechungen von Pontius zu Pilatus zu begleiten, nähte Leny ein Kleid aus Georgette nach dem Hamilton-Garment-Katalog, ersetzte den schwarzen Lippenstift durch einen hellen und flocht ein langes Haarteil im Nacken zu einem neugriechischen Knoten. In der Freizeit machte sie lange Spaziergänge mit Cäsar. Sie erschien nicht zum Diner, das die künftigen Schwiegereltern Jucker mit ihren Freunden im Carlton einnahmen. Sie schrieb auch keine Absage. Der Portier suchte nach einem Papier mit dem Schneckenornament von Leny Bider, fand aber nichts. Er konnte Dr. Jucker nur mitteilen, dass Fräulein Leny in Hosen und mit der Dogge das Hotel verlassen hatte, um eine Bergtour zu machen.

Der Verlobte wartete eine Weile im Frack in der Halle, vergeblich. Erst als die Juckersche Gesellschaft beim Kaffee und bei den Zigarren angelangt war, kehrte Leny von der Wanderung zurück. In Hose und mit Hund durchquerte sie das vollbesetzte Restaurant, um den Verlobten und die zukünftigen Schwiegereltern zu begrüßen.

Juckers erstarrten. Dem Herrn Doktor fiel die Asche von der Zigarre. Leny stäubte ihm die Aschenreste mit einer Serviette von der Frackweste, zwei-, dreimal, klitsch-klatsch, dann empfahl sie sich. Ehe ihr Bräutigam das Maul zuklappen konnte, war sie weg.

27

Den Sonntagnachmittag des 6. Juli hat mein Sohn in der Nähe der Geschwister verbracht. Sie haben einen langen Spaziergang in Begleitung von Cäsar gemacht. Es war warm und sonnig, Ferienzeit, der See bunt von Ruderbooten. Spaziergänger fütterten Schwäne. Oskar wanderte dahin, beide Daumen in den Gurt der Uniform eingehängt. Und Leny drehte sich beim Reden um sich selber. Wie immer zogen sie Blicke auf sich.

Auf dem Rückweg ruhten die Geschwister eine Weile auf einer Bank. Leny steckte eine Zigarette ins Mundstück und ließ sich Feuer geben. Sie nahm hastige Züge, als wäre sie auf dem Sprung. Sie erwarteten die besten Freunde von Oskar zu einem Diner im Carlton. Sie wollten an diesem Abend Oskars Abschied vom Militär und die Gründung der Ad Astra feiern. Sie drängte zum Aufbruch, sie wollte sich fürs Diner bereitmachen und ein Bad nehmen.

Der letzte Sonntag. Die letzte Feier.

Mein Sohn hat seine Zeitung unter den Arm geklemmt und

ist den Geschwistern bis zum Bellevue gefolgt. Er dachte dabei an jenen Tag, jene Stunde, jene Minute, da ihn Leny mit gespreizten Schenkeln in ihrer Wanne liegend erwartet. Bereit für seine Berührung.

An eine Zeit, die nie anbrechen, eine Berührung, die nie geschehen wird.

Vier Tage später trägt er Trauer und trifft mit den ersten Gästen zur Beerdigung in Langenbruck ein. Es ist der Morgen des 10. Juli 1919. Immer mehr Trauernde versammeln sich vor den Särgen. Sie sind mit der Eisenbahn angekommen, mit Automobilen, Fahrrädern, Fuhrwerken, zu Pferd und zu Fuß, aus allen Landesteilen. Viel Volk und Militär, hohe Offiziere, Persönlichkeiten. General Wille fehlt. Er wollte wohl nicht hinter dem Sarg einer Schauspielerin herschreiten, die den Waffenrock verulkt und sich jetzt das Leben genommen hat. Wer kann ihm das verdenken? Vielleicht wollte er auch keinen Flieger begleiten, der nicht im Dienst seiner Heimat abgestürzt ist, sondern weil er seinen Kameraden im Suff einen Spezialkunstflug bot. Ein Offizier hat sich immer zu beherrschen, rund um die Uhr. Dies die Meinung von General Wille.

Die Gäste sammeln sich vor dem Biderschen Haus. Beim Geläut der Kirchenglocken setzt der Trauerzug sich in Bewegung. Dem Zug voran gehen die Träger mit den Kränzen, manche davon groß wie Traktorräder. Mit den Blumen für den Piloten könnte man alle Wege von Langenbruck zudecken. Den beiden Särgen folgen zwei Onkel. Sie haben den Verlobten von Leny in ihre Mitte genommen. Ernst Jucker stützt sich auf seinen Schirm. Auf dem Friedhof verteilen sich die Leute übers Gräberfeld und den Hügel, der die Kirche überragt. Fräulein Guhl bleibt mit Cäsar am Rand des Friedhofs. Sie birgt ihr Gesicht auf seinem Kopf und weint. Drei Geschwadermaschinen brummen heran, stechen zum Friedhof nieder, überfliegen die Särge, werfen Blumen ab und kreisen über dem Dorf. Taschentücher flattern.

Die Grabrede hält der Langenbrucker Dorfpfarrer. Er spricht von Suizid – morti fratris causa. Und Korpskommandant Bornand hält eine Rede über das ruhmreiche Leben von Oberleutnant Bider. Zu Julie Helene gibt es nichts zu sagen. Sie wird eingeschlossen in den Psalm «Wer soll mich trösten?»

Die Särge werden feierlich ins Grab gelassen. Der von Oskar mit Guiden-Tschako, blankem Degen und Alpenrosen auf rotweißem Fahnenstoff, der von Leny schwarz verhüllt und ohne Blumenschmuck.

Dann die Ehrensalve, drei Schüsse. Die Fahnen werden über dem offenen Grab geschwenkt. Das Defilee des Abschieds beginnt, der letzte Blick ins Grab. Zwischen den Särgen gibt es keinen Abstand, ihre Kanten berühren sich. Es ist allen bewusst, dass die Leichen mit zerschmettertem Kopf in ihren Satinpolstern liegen. Tote ohne Gesicht. Ein Geschwisterpaar.

Die Flugkameraden ziehen am Grab und an den Angehörigen vorbei. Ihnen folgen die hohen Gäste, die Schulkameraden, Freunde, Nachbarn, viele Auswärtige, darunter der Portier vom Bellevue, einige Künstler und Pensionsmütter. Aus der Institutszeit ist nur Mademoiselle Sandoz angereist.

Mein Sohn geht neben mir, er hält sich tapfer. Die nach uns ans Grab treten, sind überrascht, denn es liegt jetzt ein Strauß auf Lenys Sarg. Weiße Kamelien. Eben war der Sarg noch kahl, auf dem Weg vom Elternhaus durchs Dorf und zum Friedhof, beim Hinabsenken ins Grab. Nun leuchten Kamelien. Jetzt, da Oskar tot ist. Man dachte doch immer, diese Blumen seien von ihm?

Mein Sohn verehrt Julie Helene noch immer.

Er besucht das Lichtspieltheater und faltet sich in den Sessel. Die ineinanderverschlungenen Hände vor dem Mund, schaut er zu, wie Leny sich als stumme Schwarzweißfigur über die Leinwand bewegt. Eine Erscheinung, begehrt, bewundert und verachtet. Allen und niemandem gehörend. Mit kleinen Schritten trippelt sie auf Stöckelschuhen näher, die Seidenvolants an ihrem Ausschnitt wehen und um ihre Beine schaukelt das Kleid. Plötzlich bleibt sie stehen, reißt die Rehaugen auf, schlenkert lachend die Schultern und neigt das Gesicht vor. Ihr schwarzer Mund zum Küssen füllt die Leinwand aus. Sie packt den Zuschauer im vordersten Klappsessel am Kragenaufschlag und drückt ihm ihre Lippen auf den Mund. Dann tänzelt sie davon.

Für meinen Sohn diese Rolle einer verführerischen Unberührbaren zu spielen, das hat Leny gefallen. Für einen, der sich in den Klappsessel faltet, um keinen Ausdruck von ihr, keine Geste und keine Pose zu verlieren. Der ihr bis zum Erblinden folgt.

Es hat ihr gefallen, sich selbst zu erschaffen. Ein Kunstwerk, das angeschaut wird.

Es hat ihr gefallen, den Tag und die Stunde ihres Tods zu wählen und einen letzten Satz in ihr Tagebuch zu schreiben. Den letzten Satz der Mata Hari.

Alles nur Illusion! Zu sterben, zu schlafen, ins Nichts zu verschwinden, was macht das schon?

Dank

Mein Dank geht an den Biographen Johannes Dettwiler-Riesen, der jedem Detail des Lebens von Julie Helene Bider mit Sorgfalt und Einfühlungsvermögen nachgeforscht hat und mir alle Bilder und Unterlagen für meinen Roman zur Verfügung stellte. Zur weiteren Lektüre empfehlen möchte ich einige seiner Recherchen. Johannes Dettwiler-Riesen: *Baselbieter Heimatblätter*, Nr. 3, 74. Jahrgang, September 2009, Druck und Verlag: Lüdin AG, Liestal, sowie Nr. 1, 75. Jahrgang, April 2010. Außerdem Dokumente zur Biographie von Julie Helene Bider (1894–1919), darunter das Tagebuch 1910–1912.

Beim Commissionen machen wars heute wundervoll. Zwei Studenten (B. R.) [redacted] Eines ist so ein lieber hübscher Kerl. Wirklich zum verlieben -!!

<u>Samstag Nachmittags.</u> Heute Morgen waren wir schnell in der Stadt. Nichts weiteres passiert. Schade recht schade! Ich habe meinen stolzen Griechen & meinen süssen goldigen Kleinen nicht gesehen, wirklich schade! — — — — Hilde Weber & ich waren auf der balançoire. Tout-à-coup un oiseau au-dessus de nous qui scheisst mitten auf den Arm von Hilde. Gelacht haben wir. Jerum. Wir setzen uns wieder auf die Balançoir und reden von allerlei Dingen. (haben keine Préparation gemacht) Klatsch! hat die Hilde noch einen Vogelschiss auf dem Arm. Über gelacht hatten wir! Fast zum platzen! Da plötzlich steht Madame vor uns! Jerum hat die ein Gesicht gemacht!

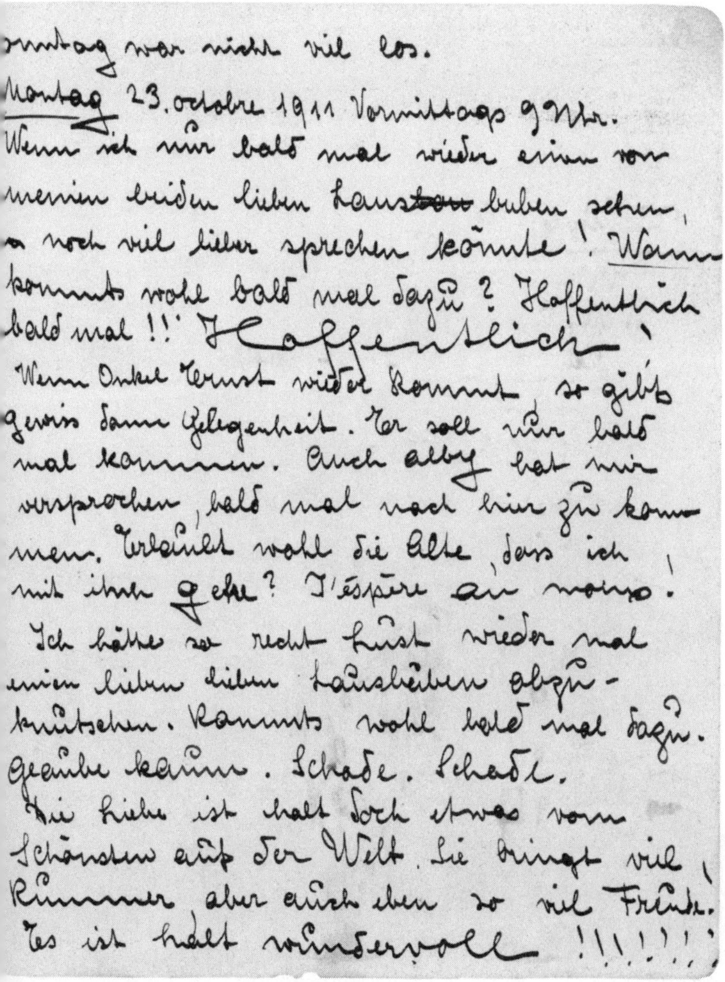
…ontag war nicht viel los.
Montag 23. octobre 1911 Vormittags 9 Uhr.
Wenn ich nur bald mal wieder einen von
meinen beiden lieben Hausbuben sehen,
wo noch viel lieber sprechen könnte! Wann
kommts wohl bald mal dazu? Hoffentlich
bald mal!!! Hoffentlich!
Wenn Onkel Ernst wieder kommt, so gibts
gewiss dann Gelegenheit. Er soll nur bald
mal kommen. Auch Alby hat mir
versprochen, bald mal nach hier zu kom-
men. Erlaubt wohl die Alte, dass ich
mit ihm gehe? J'espère au moins!
Ich hätte so recht Lust wieder mal
einen lieben lieben Hausbuben abzu-
knutschen. Kommts wohl bald mal dazu?
Glaube kaum. Schade. Schade.
Die Liebe ist halt doch etwas vom
Schönsten auf der Welt. Sie bringt viel
Kummer aber auch eben so viel Freude!
Es ist halt wundervoll !!!!!!!

Seite aus dem Tagebuch von Leny Bider, Oktober 1911

Leny Bider mit ihrem Bruder Oskar in seinem Blériot-Flugzeug, Bern 1913